Armes Menschlein, was sind Sie nur?

von Askson Vargard

II. Fassung

Inhalt

<u>**Vorwort**</u>

Es ist mir höchst zuwider, ein Vorwort zu verfassen, doch nichtsdestowenigertrotz erliege ich dem Drang, aus dem simplen Grund heraus, die Notwendigkeit erkannt zu haben, dass Leser nicht unverrichteter Tatsachen in den dämmernden Wald fremder, namentlich meiner, Ideen entlassen zu werden gehören.
Wenn ich jedoch ein Buch aufschlage, vergeht mir häufig der Lesegenuss bei der bloßen Überschrift „Vorwort". Mir widerstrebt in solcherlei Texten der angeschlagene Ton, der von unzulänglicher Selbstbeweihräucherung bis hin zum Versuch, seine Texte von vornherein als intellektueller darzustellen, als sie in Wirklichkeit sind, reicht. Mir gefallen die Bahnen nicht, in die der Geist gedrängt werden soll, gibt es doch keine schönere Vorstellung, als wenn ein Dutzend Leser ein dutzend verschiedene Interpretationen ergeben. Dabei ist es ein Leichtes, den Ton zu ändern, aber auch ich, der gerade die dritte Fassung schreibt, merkt, dass er auf sein Buch wie ein Vater auf sein Kind blickt, voller Entzücken, Hoffnung, aber auch Angst. Will ich ihm nicht auf die Beine helfen? Will ich nicht, dass es verstanden wird? Will ich nicht vielleicht dadurch etwaiger Kritik zuvorkommen? Dafür ist das Vorwort nützlich.

Der Moment als ich zum ersten Mal den Stift auf das leere Papier absetzte, um bewusst zu schreiben, ist mir deutlich ins Bewusstsein gesunken, dabei musste ich als Schulkind selbstverständlich Diktate, Aufsätze und Vorträge verfassen, aber all diesen Dingen fehlte etwas. Nach sieben Jahren habe ich einen Begriff von diesem Unbestimmten: Es ist die Extraktion von Gefühlen, die ich in ein weißes Gefängnis banne und jedes neuerliche

Lesen alter Texte entfacht in mir denselben verzehrenden Flammensturm, wie zu jener Zeit, als ich ihn bändigte. Ich erinnere mich, dass der Inhalt belanglos, darum aber nicht unwichtig, war. So beschrieb ich zum Beispiel in wenigen Zeilen die Auseinandersetzung mit meiner innerlichen Ambivalenz gegenüber der Realität. In winzigen Schrittchen, die winziger waren als Kaffeebohnen, entwickelte ich aus einer überschaubaren Textpassage, aus reinem Hang zur Ästhetik, Formen, die an den Aufbau von Strophen erinnerten, aber keine waren. Aus Faszination der dabei eher zufällig entstandenen Reime schrieb ich bald mit mehr Überlegung und nicht mehr aus einer puren Lust heraus. Es entstanden erste Gedichte und bald darauf, als ich den Glauben nährte, nicht mehr in sämtlichen Zeilen, explizit zwischen den Zeilen, meinen gewollten Inhalt wiedergeben zu können, Kurzgeschichten. Die Welt des Schreibens stand von da an mit all seinem Reichtum vor mir. Ich ließ sie nicht vorüberziehen. Anfangs diente ein ausgedienter Ordner, der mir zu dick für meine bescheidenen Ambitionen erschien, als Ablage, wo ich mittlerweile auf eine ganze Reihe an Büchern, Gedichten verschiedenster Reimschemen bis hin zum Sonett, Kurzgeschichten, Essays und nicht zuletzt auf Theaterstücken zurückblicke.

Thematisch kann ich mein ‚Schrift stellen‘ in die Oberbegriffe Selbstzweifel, Naturliebe und die Infragestellung der menschlichen Rolle kategorisieren. Gerade letztgenanntes ist ein oft aufgegriffenes Sujet, bei dem die Grenzen seit dem Altertum eigentlich als abgesteckt gelten können und dennoch dringen stetig neue Wortaneinanderreihungen, mit dem immer gleichen Inhalt an die Oberfläche – aber wozu? Autoren sind eventuell verkappte Weltverbesserer, die glauben, das Rad neu erfinden zu

können, um ihren Inhalt endlich wirken lassen zu können, wie sie es beabsichtigen. Irgendwann müssen sie jedoch einsehen, dass der Masse nie geholfen werden kann, sondern ausschließlich dem Einzelnen. Eine traurige Feststellung, die mich aber dazu veranlasste, eine Auswahl an Werken der ersten Jahre zu treffen. Darüber hinaus verwirklichte ich Ideen, die seit Monaten zu Papier gebracht werden wollten, so dass die eine Hälfte des Buches zuvor bestand und die andere Hälfte neu dazu kam. Die Texte eint ausnahmslos die Fragestellung nach dem Menschen. Was ist er? Was sind Sie nur? Eine schlüssige Antwort ist, um das vorwegzunehmen, leider nicht zu erwarten.
Für mich bedeutet das vorliegende Konvolut ein Abschluss, da ich fühle, wie ich mich im Kreis drehe. Das Leben ist ein ständiges Entwickeln und wer sich nicht entwickelt, stirbt, auch wenn die Leibeshülle losgelöst davon weiterhin existiert.

Wir sollen heiter Raum um Raum durchschreiten,
An keinem wie an einer Heimat hängen,
Der Weltgeist will nicht fesseln uns und engen,
Er will uns Stuf' um Stufe heben, weiten."
(Hermann Hesse)

Dem nahenden territorialen Umschwung geschuldet, möchte ich hiermit innerlich Zeugnis ablegen. Und ändert sich auch nichts, so wird doch alles anders sein.

Ergeht es euch wie mir? Das Umhertollen glücklicher Kinder mit ihrem unverständlichen Professorengebrabbel nimmt nämlich stets aufs Neue meine Aufmerksamkeit gefangen, egal in welchen Sphären gerade mein umtriebiger Geist schwebt. Jeden Nachmittag laufe ich an einem Hort vorbei, auf dessen platt gedrückter Wiese die Kinder spielen. Man möchte meinen, dass ich nach annähernd zwei Jahrzehnten jeden erdenklichen Laut, der ihnen aufs Geradewohl entfleucht, zur genüge gehört haben müsste, jedoch ist das genaue Gegenteil der Fall. Motorengebrumm, Autohupen, Fahrradklingeln, wie Warnsignale im Allgemeinen, Unterhaltungen zwischen Waschweibern, sowie zwischen Kaufleuten, bellende Köter und so weiter - kurz - Geräusche, die typischerweise mit einer Ortschaft einhergehen, die dem Dorfleben den Rücken zugewendet hat, um sich von der städtischen Zukunftssonne die Brust wärmen zu lassen, sind mir inzwischen nachdrücklich ins Bewusstsein gesunken, sodass sie mein Gehör als Nichtigkeit absorbiert und ich allein mit meinen Gedanken spazieren gehen kann. Nicht so bei besagtem Hort. Ein jedes Mal, wenn ich an dem niedrigen Zaun entlang sinniere, fahre ich ob der tobenden Bälger unsanft in die Höhe. Verständlicherweise bin ich aufgrund dieses Schrecks zuerst verärgert, doch kurz darauf, wenn mein Puls ein ertragbares Maß erreicht hat, folge ich ihnen und erfreue mich an ihrer Unbedarftheit. In ihrer Welt regiert Fantasie, die ihnen irgendwann hier Draußen abhandenkommen wird. Ich schaue durch ein Fenster, in die Vergangenheit und setze mich zwischen sie. Ich erinnere mich. Damals musste ich weder etwas wissen, noch bereiteten mir Begriffe, wie Arbeit, Freunde oder Liebe Kopfschmerzen, sie waren zu jener Zeit schlichtweg für mich noch

nicht geboren. Meine Welt war höher und tiefer zugleich, unerreichbar war nur das Pflicht belastete Mittelmaß. Bücher hätten gefüllt werden können mit dem Geschehenen, wo ein Abenteuer dem Nächsten folgte, welches vom Quell der Einbildungskraft sprudelnd zu Tage gefördert wurde.
Lebhaft ist mir die Geschichte von Angsthase Pfeffernase in Erinnerung geblieben. Immer wenn sich ein Kind vor einer Mutprobe drücken wollte, wenn es zum Beispiel beim höchsten Ausschlag der Schaukel nicht springen wollte, schallte es aus allen Mündern verurteilend: „Angsthase Pfeffernase, Angsthase Pfeffernase!" Höhnisches Gelächter war dem vermeintlichen Feigling gewiss, während die Verurteilenden zur Strafe in einen Chor aus Gelächter einstimmten, der erst mit der Betitelung verhallte, mit der er begonnen hatte. Ein Träger wusste, von der unehrenhaften Bürde, die er von nun an begleitete, denn er wusste, dass er ein kommendes Wagnis und sei es unverhältnismäßig größer als jenes vor dem er sich drückte, ohne Wimpernzucken annehmen müsse, um wieder der zu sein, der er einmal war. Eine Dummheit mehr macht im Kindesalter keinen Unterschied, in der kleinen Gruppe anerkannt zu sein hingegen schon. Wohlan, auch an mir ging dieser bittere Kelch nicht vorüber, weswegen mir meine Mutter des Nächtens zum Trost von einem Hasen berichtete, dessen Name selbst heutzutage noch über Spielplätze und Schulhöfe posaunt wird, den die Schimpfmäuler aber wahrscheinlich kaum kennen, denn womöglich würden sie dann eine treffendere Verunglimpfung wählen.

Es war einmal ein Hase von gewöhnlicher Gestalt. Sein Fell war glattgestrichen und glänzte im Sonnenlicht haselnussbraun. Sein Bauch kontrastierte dagegen mit einem edlen

Atlasweiß. Seine Ohren waren frei von jeglichen Mängeln, denn sie maßen gegeneinander die selbe Länge und krankten nicht an Schlappohrigkeit. Unter seinen Artgenossen wurde er Pfeffernase genannt, was daher rührte, dass sich sein Bau in einem kleinen Hügel inmitten eines Pfefferfeldes befand. Das Feld war verlottert, weil es der Pflege bar war und kein Bauer es bestellte. Ebenso mied es die gesamte Hasenkolonie, bis auf Einen, weil ihre feinen Nasen empfindlich auf die Schärfe reagierten, die trotz aller vernachlässigter Bewirtschaftung in der Luft zu liegen schien. Nachdem Pfeffernase bemerkte, dass er für diesen Reiz unempfänglich war, richtete er dort seinen Bau ein, das Namensschild wurde ihn quasi von selbst verliehen. Sein Vorteil war, dass er dort mehr Platz hatte, als sonst irgendein Langohr, wenngleich er somit zu einem Satelliten der Gemeinschaft verkam, die ihn aufgrund seines entlegenen Unterschlupfes ausgrenzte, da sie ihn für eingebildet hielt, als jemand, der sich zu fein ist unter ihnen zu hausen. Als Pfeffernase jung war, bekam er jegliche Erfahrungen, deren ein Hasenleben bedarf, von seinen Eltern vermittelt. Eine der wichtigsten Grundregeln war dabei das Überleben. Er wusste zum Beispiel, wie er Haken schlägt, sobald er auf der Flucht ist. Die Fähigkeit, die er täglich trainierte, wurde zu seiner Rettung, als die Menschen die brachliegende Erde seiner Heimat mit klebrigen Teer übergossen, um auf ihr eine Schnellstraße zu bauen. Überhastest floh die damalige Hasenkolonie und wurde von den stinkenden und heulenden Maschinen in sämtliche Himmelsrichtungen zersprengt. Sein Bund von der Familie war fortan gelöst, weshalb er in Trauer beladenen Sprüngen seiner neuen Welt entgegen hoppelte. Allein war seine Überlebenschance verschwindend gering, zumindest musste er davon ausgehen, weil ihm seine Eltern einbläuten, dass die Gemeinschaft über alles ginge. Sobald ein Hase krank werden würde, wird er umsorgt, auf sich allein gestellt, muss er krepieren. Diese Einsicht war wohl der Grund, warum Pfeffernase nicht eher Ruhe gab, bis er in einer neuen Kolonie aufgenommen wurde, was recht bald von den Hasen in der Nähe des erwähnten Pfefferfeldes geschah.

Erschöpft von seinem Mut, welches ihn bis dahin wie ein Schutzschild umgab, ermattete er zusehens nach der Fertigstellung seines Baus. Jedes Pieksen seiner langen Schnurrbarthaare mahnte ihn an die Schmerzen und die Angst, die er auf der Flucht erdulden musste und die er deswegen niemals ein zweites Mal durchleben wollte. Um dessen sicher zu sein, nahm er sich vor, den Bau nur im Notfall zu verlassen, wodurch ihm seine Vorsicht ein eigenes Gefängnis baute, welches ihn von Tag zu Tag ängstlicher werden ließ.

Durch Volkszählungen, bekam Pfeffernase in regelmäßigen Abständen Besuch vom Rädelsführer, der die Situation nutzte und zum Anlass nahm, eine Predigt darüber zu halten, dass die Horde am stärksten in der Gemeinschaft ist, doch das wusste Pfeffernase bereits. Beeindruckt vom weit verzweigten Labyrinth im Untergrund des Pfefferfelds, in dem er sogar gelegentlich, wenn er um eine Führung bat, die Orientierung verlor, redete der alte Hase dem jungen ermutigend zu, näher an die Gruppe heran zu rücken, die von seinem Einfallsreichtum profitieren würde. Aber Pfeffernase schüttelte das pelzige Köpfchen als Zeichen der Absage. Und wenn er krank werden würde? Dieser Einwurf, den er öfter hörte als dass er tatsächlich krank war, war ihm einerlei. Er wollte partout seinen Bau nicht verlassen. Bedeutend wahrscheinlicher dünkte ihm die Möglichkeit von einem Habicht, der aus Über-

sichtsgründen in den Wolken haust, erfasst zu
werden oder von einem listigen Fuchs, der ihm
solange nachschleicht, bis er irgendwann sein
Glück in einem herbeigeführten Überraschungs-
angriff finden würde. Die Anzahl der Gefahren
ist groß, der Schutz hingegen begrenzt, aber
spätestens, sobald der uneinsichtige Jungspund
von seiner Erfahrung mit den Menschen und
ihren stählernen Tötungsmaschinen berichtete,
wusste der Rädelsführer, dass an ein Umstimmen
unmöglich zu denken war.
Winter verstrichen, wie auch Frühlinge, Sommer
und Herbste ins Land gingen. Sobald einer der
Hasenkolonie Pfeffernase zufällig aus seinem
Bau lugen sah, stellten sie gleich darauf
verächtlichsten Theorien über ihn auf, die den
Hass ständig aufs Neue schürten, anstatt das
Gleichmut ihre Gemüter gegen ihn abkühlen
ließ. Die größte Sorge galt den Zibben und
Rammlern stets dann, wenn sie Nachwuchs
erwarteten, weil es ihr innigster Wunsch war,
dass die Natur aus ihrer Vereinigung nicht ein
ebenso schwarzes Schaf entstehen lassen möge –
Ja, selbst Hasen können Schafe sein, wieso
auch nicht, wenn Menschen Hasen werden können?
Es ist daher wenig überraschend, dass die
Hasen ihre Kinder unter strenger Beobachtung
hielten, um sie dem Aussätzigen nicht zu Nahe
kommen zu lassen.
Die Nahrungssuche gestaltete sich für Pfeffernase zunehmend als ernsthaftes Problem.
Bislang nagte er an Wurzeln oder verschlang
Insekten, aber im Frühjahr, wenn der honigsüße
Duft der Blütenwiesen die Flur erfüllte, grub
er seine Gänge bis er die Oberfläche durchstieß. Dann sammelte er begierig die saftigen
Halme und den schmackhaften Löwenzahn auf,
solange er dadurch nicht vollständig entblößt
außerhalb seines Baus befindlich sein musste.
War das Verzehrbare in einem gewissen Umkreis
vertilgt, so stopfte er das Loch, um an einer

anderen Stelle einen neuerlichen Durchbruch zu
wagen. Bei einer dieser Mahlzeiten, sah er den
Rädelsführer, der bald das Pfefferfeld erreicht haben würde, um die erste Zählung des
Hasenbestandes vorzunehmen. Auf dem Weg schien
ihm eine besonders saftige Ansammlung an
Osterglocken eine willkommene Stärkung zu
sein, weshalb sein rosa Schnäuzchen gedanken-
verloren unter ständigem Kauen glücklich
kreiste. Diese Unachtsamkeit nutzte prompt ein
Habicht aus, der ebenso hungrig, den ersten
Festschmaus des Jahres in Empfang nehmen
wollte. Pfeilschnell sauste der Vogel zu
Boden, wobei seine Dornenkrallen dem Hasen-
oberhaupt ein jähes Ende bereiteten. Pfeffernase fuhr der Schreck über die Gnadenlosigkeit
der Natur in sämtliche Glieder. Der Tod des
Anführers sollte in diesem Jahr lediglich der
Anfang sein, denn nie zuvor verminderte sich
die Zahl der Hasen auf solch drastische Weise.
Außergewöhnliche Witterungsverhältnisse, die
die Nahrungsbeschaffung schwieriger denn je
gestaltete und von der die Jäger der Hasen
ebenso wenig verschont blieben, sorgte für
eine aggressivere Vorgehensweise derselben,
die nicht selten den gewünschten Effekt,
namentlich die Erlegung der Beute, erzielte.
Die verbleibende Hasengemeinschaft war sich
schnell darüber einig, dass an ihrer Misere
einzig der Eremit im Pfefferfeld die Schuld zu
tragen hatte, da er das Kainsmal des Rudels
zwischen seinen geraden Löffelohren trug.
„Pfeffernase thront von seinem Heiligenberg,
während wir hier unten zugrunde gehen. Er ist
ein Artgenosse und dennoch von feindlicher
Gesinnung, würde er ansonsten nicht zu uns
stehen und uns in der Not helfen?“
Solcherlei Reden war der einseitige, dafür
gemeinsame, Tenor. Jeder, der den Einsiedler
nicht zum Feindbild nahm, wurde regelrecht
selbst zu einem erklärt, sodass auch die

Kleinsten gegen ihn aufgewiegelt wurden. Alle
Kinder bedachten ihn deswegen künftig mit dem
Namenszusatz Angsthase, weil er ihr Unglück
nicht zu vermindern verstand und sie durch
sein Nichtstun womöglich nie das Erwachsensein
erleben werden können. Es dauerte nicht lange,
bis die ganze Kolonie Angsthase nie ohne
Pfeffernase und Pfeffernase nie ohne Angsthase
aussprach.
Der Betroffene war jedoch nicht dumm. Er
spürte sehr wohl die angespannte Stimmung, die
schärfer in der Luft lag, als der Pfefferge-
ruch, als das Feld noch intakt war. Die
Sinnesentwicklung steigerte sich in negative
Höhen, dennoch war Pfeffernase nach wie vor
der Ansicht, in seinem bisherigen Leben die
richtigen Entscheidungen getroffen zu haben.
Gerade nach dem Tod seines einzigen Besuchers,
fühlte er abermals eine Bestätigung seiner von
Sicherheit dominierten Lebensweise. Was hatte
er schon verpasst? Jeder trägt seine eigene
Verantwortung, doch denjenigen, die ganz unten
hausen, fällt es wesentlich leichter, einen
fremden Rücken mit ihrer Verantwortung zu
belasten.
Per Dekret beschloss der einberufene Hasenrat
in einer Notstandssitzung, die über Fortbeste-
hen oder Vernichtung der Rasse entscheiden
sollte, Pfeffernase zu töten, um die Natur
durch dieses Opfer zu besänftigen, die ihnen
darauf das schöne Leben aufblühen lassen
würde. Gesammelt gingen sie daher zu Pfeffer-
nases Bau. Jeder erdenkliche Winkel wurde
durchforstet, doch der Gesuchte blieb spurlos
verschwunden und obwohl er seine sichere
Umgebung aufgab, um sich den größten Gefahren,
die das Leben bietet, aussetzte, so wurde ihm
dies als feige Fahnenflucht vor der Verpflich-
tung gegenüber der Gemeinschaft ausgelegt.
Pfeffernase konnte also tun, was er wollte, er
blieb ein Angsthase, da eine gefestigte

Meinung schwerer wiegt, als ein Felsklotz.
Sein unrühmlicher Spitzname hatte somit
weiterhin bestand und wurde zu einem Synonym
für das Leid eines ganzen Volkes. Jeder Hase,
der sich zierte der Gemeinschaft zu dienen
wurde umgetauft auf Angsthase Pfeffernase.
Aber auch dieser Kniff half ihnen nicht. Die
Kolonie dezimierte sich trotzdem weiter, bis
sie vollkommen ausgerottet waren?

Ihr fragt nun sicherlich, wie es angehen kann,
dass ein Hasenvolk gänzlich ausstirbt, aber
der Name seines bekanntesten Bewohners offensichtlich in aller Munde ist? Ich habe mannig-
fache Gedanken dazu angestellt und bin zu dem
Schluss gekommen, dass es nur ein Geschöpf
gegeben haben kann, welches die schimpf
behaftete Betitelung in die Welt getragen
(oder sollte ich lieber sagen gesprungen) hat
und welches aus diesem Grund unmöglich unzu-
frieden damit gewesen war.
Auf der Rutsche steht derweil ein verängstig-
ter Junge von geschätzt sieben Jahren. Er wird
von unten wild gestikulierend angefeuert,
endlich im Stehen zu ihnen hinunter zu rut-
schen, ihm fehlt der Mut oder ist er einsich-
tiger als seine Freunde? Plötzlich tönen die
Rufe: "Angsthase, Pfeffernase, Angsthase
Pfeffernase." Da! Jetzt fast der Junge sich
ein Herz! Er steigt rücklings die Sprossen
hinab und wird bald stupsend von seinen
Kameraden empfangen. Dabei streift er meine
Blicke. Ich nicke ihm zu und gehe weiter.

<u>Alles ist gesagt</u>

Nie ist alles schon gesagt
Nicht im Diesseits aber woanders
Nie ist alles schon gewagt
Nicht von dir aber jemand anders

Wir kaun verdaute Worte
Und düngen verwelkte Gedanken
Wir, der Vorzeit Eskorte
Mit der wir uns innig verranken

Streben, das heißt Erkenntnis
Sie gehört dir wie dein eigner Leib
Sie ist farbloser Firnis
Und trägt sich wie ein altes Kleid

Der Frühtau küsst auch morgen
Mit seiner Lippe bunte Blättlein
Entledigend der Sorgen
Die ihm gab das finstere Nächtlein

Der Wesenssinn ist niedrig
Denn stört es, ob's den Nächsten gäbe?
Er leugnet dich begierig
Darum mach den Fehler und lebe!

Armes Menschlein, was sind Sie nur?

Armes Menschlein, was sind Sie nur?
Sie lachen und möchten aber weinen
Und weinen, wolln aber lieber lachen
Dagegen hilft selbst keine Kur!

Armes Menschlein, was sind Sie nur?
Sie sehen Freude und möchten dabei bersten
Viel lieber würden sie über Elend scherzen
Und immer weiter läuft die Uhr!

Armes Menschlein, was sind Sie nur?
Sie besitzen Geld und möchten gern mehr davon
Gegen Reiche haben sie jedoch eine Aversion
Folget nur weiter dieser Spur!

Armes Menschlein, was sind Sie nur?
Sie beträufeln Sätze mit schmalziger Heuchelei
Enden aber schließlich doch im selben
Einheitsbrei
Schick ist die neue Modekultur!

Armes Menschlein, was sind Sie nur?
Sie sammeln eifrig Freunde wie rare
Briefmarken
Wechseln diese aber wie vergoldete Laken
Konkurrenz belebt die Konjunktur!

Armes Menschlein, was sind Sie nur?
Empfinden im Alter wie ein kalter Stein
Wollten als Kind aber immer Blume sein
Wohin führt diese Prozedur?

Armes Menschlein, was sind Sie nur?
Leben bloß, weil das Leben lebenswert ist
Ertragen aber nie den Gestank vom eignen Mist
So ist das Wesen der Natur!

Jetzt ist aber Schluss, ein für allemal!
Drum lesen Sie es lieber zweimal!

Ich weiß was du armer Mensch bist und
verlangst
Weiß worum du bangst
Du starker Held hast Angst
Um deinen feisten Wanst
Ich rede daher nicht nur für mich
Sag's dir unverhohlen ins Gesicht
Denn du bist eine Qual!
Gott sei's gedankt - Sie sind normal!

Cogito ergo sum

Ich denke, also bin ich. Ich denke, also bin ich Mensch. Jeden Morgen klopft ein Grünspecht unterm Hausgiebel an die Fassade – tok tok macht es dann. Er klopft, also ist er. Ohne Unterlass klopft er immer fort. Er folgt seinem Instinkt, wenn er klopft, also ist er ein Tier. Ich grüble derweil und grüble. Ein Vakuum aus Gedanken tanzt wirr im drehenden Strudel umher, während ich bewegungslos mein Spiegelbild betrachte. Hattest du jemals die Gelegenheit, dein Antlitz zu bewundern, lieber Herr Specht?
Wenn über trostlose Tannen das Wolfsgeheul himmelwärts steigt, schweigt die Stille. Der Wolf heult, also ist er. Ohne Unterlass heult er immer fort. Er folgt seinem Instinkt, wenn er heult, also ist er ein Tier. Ich glaube derweil und glaube immer zu, dass aufdringliche Geister um meine Gunst feilschen. Hattest du jemals Gelegenheit, an etwas zu glauben, Herr Wolf?
Auf einem kurzen Stoppelfeld schlägt ein Hase im Zickzack Haken. Er rennt, also ist er. Ohne Unterlass rennt er immer fort. Er folgt seinem Instinkt, wenn er davonrennt, also ist er ein Tier. Derweil stelle ich mir vor und gebe mich dabei vollständig der Illusion hin, wie schön mein letzter Traum war. Du, Herr Hase, hattest du jemals Gelegenheit zu träumen, in Ruhe übers Feld hoppeln zu können, ohne die Angst im Nacken zu spüren, dass die spitzen Krallen des Habichts dein Genick bald in zweiteilen?

    Im Dickicht aus Dornen zittert ein Rehkitz. Es bibbert, also ist es. Ohne Unterlass zittert es immer fort. Es kennt die ungeschönte Wahrheit der Natur, also ist es ein Tier. Derweil finde ich die Einsamkeit fad und suche Zuflucht in einer warmen Gesellschaft. Kannst du dir vorstellen, liebes

Rehkitz, wie du fühlst, wenn der Leib deiner
Mutter warm, aber leblos am Boden liegt, egal
wie viele Male du es mit deiner Nase anstupst?
Was wäre, wenn du keine Furcht haben bräuchtest, dass der laute Knall einer Kugel, die
aus dem Lauf des Jägers abgefeuert wurde, auch
deinen Blutstaub übers abendfeuchte Moos
haucht und dich gleichsam zum Erliegen zwingt?
        Ich habe Hunger, also esse ich. Ich
diniere beim gar köstlichsten Souper und
vertilge dabei den Glauben, die Fantasie und
jegliche Gefühle dieser Welt – also all das,
was mir das Leben zugedacht hat. Als Hauptgang
gibt es frischen Rehbraten à la carte mit
süßer Hagebuttensoße und böhmischen Knödeln.
Und als Dessert noch Griesbrei mit Zimt? Ja,
weil ich ein Mensch bin.

Das Kuckuckskind

Es ist wie überall. Völlig gleich, ob die Kilometer nach Süden, Westen, Norden oder Osten hin zurückgelegt werden, denn am Ende ist es überall enttäuschend. Gewiss, gerade die Frühlingszeit säuselt jedermann unweigerlich einen Neubeginn, ein Erneuern in sich, vor. Doch wie viel Fortschritt kann ich einem vorbestimmten, in regelmäßigen Zyklen wiederkehrendem, Naturereignis schon beimessen? Nimmer kann ich das Erblühen der Knospen aus kahlen Zweigen als absolutes Wunder ansehen, obgleich es seinen eigentümlichen Zauber für mich uneingeschränkt beibehalten hat. Mit wenigen Einschränkungen hat sich der Wert über die verronnene Zeit hinweg sogar erhöht, da an jedem mir bekannten Zweig neben Laubblättern und Nadeln auch Erinnerungen baumeln. Einige sind dabei schärfer umrissen, sodass ich sie jederzeit auf Abruf erneut durchleben könnte, während manche über die Jahre hinweg sukzessiv verblassten und kaum mehr als zusammenhängende Geschichte erzählbar wären.

Zur ersten Gruppierung zähle ich zweifelsfrei die Geburt, denn auf welcher Basis könnten wir leben, wenn wir uns nicht an den Ausgangspunkt unseres Seins zurückerinnern könnten? Ich weiß noch, wie alles um mich herum dunkel war, obwohl ich dennoch einen fahlen Schein wahrnehmen konnte, der mich umgab, wie eine harte beengende Hülle. Es schien mir der erste Existenzkampf zu sein. Eine Analogie auf das Leben per se, die am eigenen Leib erfahren werden muss: Wer geboren werden will, muss eine Welt zerstören! Und so schlüpfte ich und entstieg meinem überdrüssig gewordenen Kerker, um in den nächsten zu gelangen, welcher ein kleines Nest war, dessen kahles Geäst geschickt ineinander geflochten, ausreichend Schutz vor dem kühlen Wind bot. Verstärkt wurde dieses Empfinden im Besonderen dadurch, da mein Gefieder noch feucht von meinem Kampf war. Um mich herumlagen als Zeugen dessen beige Eierschalen verteilt, dessen Splitter teilweise an mir haften blieben. Ich war wissensdurstig und bereit erneut auszubrechen, um sämtliche Geheimnisse, die es meinem bereits Erlebten nachgeben muss, zu ergründen. Das Wunder des Lebens sollte für mich weder mystischer noch göttlicher Natur sein. Drum reckte ich meinen Kopf in die Höhe und blickte über den Rand des Nests, um die Tiefe auszumessen, die von der höchsten Baumspitze bis hin zum Erdboden mich nicht unbeträchtlich zu sein dünkte. Ohne ein vollständig klares Bewusstsein zu besitzen, empfand ich ein Gefühl, welches sich am ehesten mit einem Bauchkitzeln beschreiben ließe. In meinem Kopf flimmerten unentwegt Bilder, auf welch mannigfaltige Art und Weise ich hinabstürzen könnte, um auf dem Erdboden zu zerschellen. Es war wohl die Angst vor dem Unbekannten, die mich zurückhielt. Diese mit Fäulnis beladene Frucht nährte die Vorstellungskraft, weshalb mir mein Instinkt riet, mich vorerst nicht wieder über den Rand hinaus zu beugen. Gehorsam fällt da leicht, wo er ohnehin willkommen ist. Ich suchte das Nest nach Nahrung ab, die meinen grummelnden Magen ruhigstellen sollte, doch ich fand nichts. Bevor ich den großen Geheimnissen habhaft werde, sagte ich mir, muss ich erst die Kleinen ausfindig machen, aber es gab beim besten Willen hier kein Versteck auszuheben. Zwar hingen noch einige verdorrte Pflaumen zwischen dem Gestrüpp des Nestes, doch stellten diese mir mit ihrem bitteren Geschmack keine ausreichende Befriedigung dar. Plötzlich vernahm ich immer hörbarer ein Zwitschern in den Lüften und noch ehe ich den Gedanken zu Ende denken konnte, ließ sich elegant meine Mutter auf dem Nestrand nieder.

Ich wusste nicht, woher sie kam und ob es wirklich meine Mutter war - doch vergesse ich nie ihren fassungslosen Ausdruck, den sie hatte, als sie mich erblickte. Ich war nicht weniger überrascht, als ich ihre filigrane Gestalt musterte, wohingegen ich, flapsig ausgedrückt, plump wirken musste. Sie trug ein frommes Federkleid aus Perlmutt mit einem kobaltblauen Umhang, der bis über ihren Kopf reichte. Sie ließ die Würmer, deren Enden sich leidend zwischen ihrem Schnabel krümmten, vor Schreck in dieselbe Tiefe fallen, in die ich vor kurzem noch selber blickte. „Du kannst unmöglich mein Kind sein, welchem ich liebevoll Tag für Tag von meiner Wärme abgab. Du bist größer als ich! Selbst dein Federkleid hat eine andere Beschaffenheit und deine ganze Körperform gleicht der eines normalen Jungen in keiner Weise. Daher kann und will ich dich nicht als mein Kind bezeichnen, auch wenn du in meinem Nest geboren wurdest." Mit letzter Kraft schnappte meine Mutter mit ihrem Schnabel nach mir, welcher anfangs noch als Transporteur für meinen Futtervorrat fungierte. Ich spürte keine Liebe, nur ein Zwicken. Da war sie, die Tiefe, die ich fürchtete! Ich öffnete erst meine Augen wieder, als sie mich unten bei den Würmern auf den Boden absetzte. Ohne ein Wort der Verabschiedung stieß sie sich schluchzend vom Boden ab, um wieder empor zu ihrem Nest fliegen zu können. Doch vernahm ich deutlich ihre letzten Worte, die mir der Wind zutrug. „Wieso ich? So habe ich mir mein Leben nicht vorgestellt!" Meine Frustration war dementsprechend groß, war doch die Mutter das erste Lebewesen gewesen, welches ich kennen lernen durfte, wenngleich auch nur für einen sehr begrenzten Zeitraum. Ich wollte nicht von ihr in der Vergangenheitsform reden, ich wollte mit ihr sein, obgleich mir eigentlich bewusst

war, dass mein ursprüngliches Vorhaben am
besten hier unten auf dem Boden der Tatsachen
realisierbar wäre. Einer Aufgabe dieser
Größenordnung fühlte ich mich jedoch außer
Stande und ungenügend gerüstet. Meine Fähigkeit zu fliegen steckte in den Kinderschuhen,
ich konnte mich auch nicht selbstständig
ernähren und schon gar nicht vor eventuellen
Gefahren verteidigen. Die letzte Hoffnung war,
dass ich zu meiner Mutter zurückkehren dürfte,
wenn ich ihre Frage - Warum sie? - richtig
beantworten könne, womit ich zugleich unter
Beweis stellen würde, dass wir trotz unserer
offensichtlichen Verschiedenheit einer Art
angehörten und ein glückliches Leben gemeinsam
fristen könnten.
Halb kroch ich, halb trugen mich meine
schmächtigen Beine bis ich an einer sonnigen
Stelle auf einer saftig grünen Wiese rastete
und unvermittelt einen Grashalm frug, ob er
sich sein Leben so vorgestellt hatte. Dieser
antwortete mir:
„Als ich meinen Kopf aus der Erde streckte,
wollte ich größer werden als alle anderen
Halme, die auf dieser Wiese wuchsen. Der
Standort schien günstig für solch ein Unterfangen zu sein und so überragte ich bald
darauf die graue Masse an Halmen, bis eines
Tages eine Herde von Schafen ihr Unwesen
trieb. Ein Großteil meiner Art wurde zer-
stampft, doch die meisten, zu denen auch ich
gehörte, wurden von ihren stinkenden Zähnen
halbiert. Wir hatten nun zwar alle ein und
dieselbe Größe, doch sahen wir scheußlicher
denn je aus, weil wir derart ausgefranst
waren. Sobald ein neuer Wachstumsschub uns
ereilte, wurden wir aufs Neue zurechtgestutzt,
bis die Herde weiterzog. Bald darauf sprossen
neue junge Grashalme in die Höhe und überrag-
ten uns Krüppel ohne Probleme. Um dir aber

endlich deine Frage zu beantworten: Nein, so habe ich mir das Leben nicht vorgestellt!"
Nach diesem Gespräch zog ich weiter und gelangte schließlich mit einiger Mühe zu einem See, an dessen Wasser ich mich labte. Seinen Uferrand säumten unzählige Lilien, die stolz ihren Papageienschopf präsentierten und die konkurrenzlos die schönsten Geschöpfe der gesamten Umgebung waren. Ohne Zögern rief ich sie an, ob sie sich ihr Leben so vorgestellt hätten. Da ertönte eine eindringliche Mehrstimmigkeit, die auch aufgrund ihrer Tonalität einem Mädchenchor glich: „Wir entstiegen unseren Knollen, um die Schönheiten zu werden, die du vor dir erblickst. Jeden Tag stehen wir am Ufer und erfreuen Tiere wie Menschen mit unserem betörenden Anblick. Doch Weh steigt dann in uns auf, denn wir wissen, dass unsere prachtvollste Zeit dann verronnen ist, wenn uns die fremden Augenpaare am längsten Aufmerksamkeit schenken. An den Rändern unserer Blüten beginnt danach ein faules Braun zu nagen, welches in Bälde komplett von uns Besitz ergreift. Welk hängen wir die schlaffen Schwertblätter hinab zur Wasseroberfläche, ja wir strecken die Waffen, der Kampf ist ausgefochten. Der See, treibt beflissen jeden Tag Körperteile von uns himmelwärts in den nahen Fluss, bis wir vollständig aus der Erinnerung derer getilgt sind, die uns kürzlich noch Bewunderten. Um dir aber endlich deine Frage zu beantworten: Nein, so haben wir uns das Leben nicht vorgestellt!"
Ernüchtert, beide Male dieselbe Geschichte mit verschiedenen Hintergrund gehört zu haben, hievte ich mich weiter am Ufer entlang, doch kurz darauf musste ich den schwindenden Kräften Tribut zollen und abermals eine Verschnaufpause einlegen. Bei dieser Gelegenheit frug ich einen sehr imposanten Stein, der unweit von mir entfernt lag, ob er sich sein

Leben so vorgestellt hätte. Gelangweilt, als werde ihm solch eine Frage öfter gestellt, antwortete er: „Viel ist geschehen. Es fällt mir schwer, mich auf den Anfang zu konzentrieren. Das, woran ich mich jedoch erinnere, ist ein Eispanzer, der mich vor vielen tausend Jahren an diese Stelle unweit des Sees trug und hier zurückließ - Ich war stolz von da an der stille Wächter des Sees zu sein als der Einzige, der wirklich Bestand hat. Seitdem vergehen die Jahreszeiten wie Tage. Kein Duft, kein Anblick, kein Unwetter kann mir etwas Neues bringen. Ich bin gefangen in der Langenweile. Wie oft stelle ich mir die Frage, ob es die Unendlichkeit gibt oder nicht. Eng damit verknüpft ist mein Wunsch, endlich aus dem Gefängnis zu fliehen, um frei zu sein. Um dir aber deine Frage zu beantworten: Nein, so habe ich mir das Leben nicht vorgestellt!"
Geschwächt von meinem permanenten Hungergefühl sank ich in Ohnmacht und als ich wieder daraus erwachte, war ich der Vorsehung dankbar, dass sie mir die gleichen Regenwürmer, die ohnehin für mich gedacht waren, wie auf dem Silbertablett servierte. Sie krochen dicht an mir vorbei und waren bereits auf halben Weg zum Wasser. Meine Mahlzeit drohte zu entkommen, aber bevor dies geschah, stellte ich mich ihnen in die Quere. Sie wussten, um ihr Schicksal und fragten mich voller Angst, um das Unvermeidliche hinauszuzögern, ob ich mir mein Leben so vorgestellt hätte, worauf ich folgendermaßen antwortete: „Ich entschlüpfte als unschuldiger Vogel meinem Ei und war gefüllt mit Abenteuerlust. Ich wollte die Welt nicht verändern, aber ich wollte mich verändern, um von jedem Erlebnis meinen Teil zu lernen, um die Weisheit in ihrer reinsten Form zu erlangen. Doch aus dem warmen Nest wurde ich brüsk hinausgeschmissen und von meiner eigenen Mutter verstoßen. Seitdem lasse ich

mir die Leiden des Lebens aufzählen, ohne eine hilfreiche Antwort zu erfahren. Nie habe ich etwas Aufbauendes gehört. Um euch aber eure Frage zu beantworten: Nein, so habe ich mir das Leben nicht vorgestellt!"
Darauf entgegneten mir die Regenwürmer: „Uns ergeht es ebenso. Jeder von uns hat sich das Leben anders vorgestellt. Das Leben ist kein Wunschkonzert, man muss es aber zu nehmen wissen. Heute Morgen waren wir noch am anderen Ufer des Sees, weil der Boden dort besonders nahrhaft ist. Doch wurden wir aus unserer Heimat gerissen, um als Mahlzeit für ein neugeborenes Vöglein zu enden, aber wir blieben verschont, da die Mutter uns mitsamt ihrem Kuckuckskind verbannte. Doch kreuzten sich unsere Wege erneut, womit das letzte Kapitel geschrieben scheint. Doch du, junges Vöglein, kannst es diesmal ändern! Sei kein Hindernis für uns, auf dem Weg zu dem Leben, so wie wir es uns vorgestellt haben."
Nach diesem Gespräch ließ ich von den Regenwürmern ab, obwohl mein Hunger davon freilich nicht gestillt wurde. Ich schaute ihnen nach, aber nicht ohne meine großherzige Nachsicht zu rühmen, doch kaum krochen sie auf dem moosigen Boden nahe am Ufer entlang, da sprang plötzlich ein Karpfen geschickt aus dem See und verspeiste mit einem einzigen Bissen alle Regenwürmer. Mit einem Lächeln im schuppigen Gesicht strampelte er ohne Mühen über das glitschige Moos zurück ins Wasser. Hier saß ich nun. Ausgestoßen, entmutigt, hungrig und doch so dumm wie am Anfang. Ich dachte dabei im Stillen: Wieso ich? Dabei war dies gerade einmal der erste Tag meines Lebens.

Der außergewöhnliche Herr M

Herr M ist von Natur aus ein durchschnittlicher Mensch. Was das genau heißt? Diese Antwort können andere durchschnittliche Menschen wohl am besten geben, aber wer erklärt freiwillig nur Durchschnitt zu sein, obwohl das Gros, namentlich die graue Masse, nicht ohne Grund ihren Namen besitzt? Deswegen müssen wir vorliebenehmen, indem wir den Oberbegriff weiter mit Worten wie gewöhnlich, alltäglich, gemein, unbedeutend, banal, profan, trivial oder normal synonymisieren. Wir müssen uns etwaiger Plattitüden bedienen, auch auf die Gefahr hin, dass Herr M dadurch unzutreffend beschrieben wird. Immerhin hat es selbst für einen vollständigen Namen in dieser Geschichte nicht gereicht und hätte das Alphabet eine ungerade Anzahl an Buchstaben, so wäre jener genau in der Mitte für Herrn M reserviert. Er ist ein gesichtsloser Niemand, der oft an einem vorbei spaziert und den wir deswegen meinen zu kennen, auch wenn er – und das sage ich ohne Neid – weder hässlich noch hübsch ist. Seine einzige Eitelkeit ist ein rotbrauner Stielkamm, denn das straff gescheitelte Haupthaar muss akkurat sitzen, ohne Wenn und Aber. Er ist 180 Zentimeter groß und besitzt einen Körperwuchs ohne entstellende Anomalien, leider fehlt ihm ausschließlich die Einzigartigkeit. Kriegsdienst ist wahrlich nichts womit einer prahlen sollte, aber vielleicht hätte er durch ihn eine Schramme oberhalb der Augenbraue davongetragen, die ihn mysteriös hätte erscheinen lassen. Nein, sein Wehrdienst war ereignislos, auch wenn er davon aufgeregt spricht. Die Camouflage-Zeit war, wie für die Meisten, der Übergang von der unbeschwerten Jugend in die reiferen Mannsjahre, in denen er mit einer Arbeitsstelle

brilliert, bei der er weder mit Geld um sich
wirft, noch jeden Pfennig dreimal umdrehen
muss, obschon er öffentlich lieber Partei für
die zweite Kategorie ergreift, denn Geiz ist
der nährstoffreiche Boden, auf dem die außer-
gewöhnlichsten Bäume der Hemisphäre wachsen,
die anstatt mit Laub mit bunt bedruckten
Scheinen rascheln. In häuslicher Zurückgezogenheit frönt er daher dem Credo ‚Geld hat man
schließlich nie genug‘.
Über den Rahmen seiner Arbeit, sprich den
Verdienst und die ausgleichenden Freizeitstun-
den, gibt es keinen Grund zu klagen, beim Kern
der Tätigkeit per se schon eher. Missmutig
blickt er Morgen für Morgen von Montag bis
Freitag drein. Zu was hätte er es auch mehr
bringen können, als zu einem stupiden Büroan-
gestellten, der Briefpapier von Stapel A zu
Stapel B trägt ohne das geringste Ausmaß von
dem zu verstehen, was er damit bewirkt? Der
aufmerksame Leser wird es bereits ahnen, denn
Herr M ist weder klug, noch besonders dumm.
Seinen Fundus an Wissen zieht er aus der
täglichen Presse, sodass er stets in der Pause
mit seinen Kollegen Schritt zu halten versteht, um Fragen zu Politik und Boulevard-
klatsch gleichermaßen auszuwerten. Hinzu
kommen selbstverständlich die aktuellen
Fußballergebnisse aus der 1. und 2. Bundesli-
ga, denn Sportbegeisterte gibt es überall und
nicht wissen ist gleichbedeutend mit nicht
dazugehören. Während der anberaumten Arbeits-
zeit bearbeitet er diverse Kundenreklamationen
am Telefon, lieber amüsiert er sich hingegen
als Ausgleichsaktivität, denn durchgängig
arbeiten schafft kein Ochse, über den neuen
Praktikanten, welcher oft alleine neben der
Kaffeemaschine sitzt und ein Buch von Autoren
liest, die die Welt zwar vermisst, deren
Anblick sie sich aber schon eine Weile ent-
wöhnt hat. „Der Name sagt mir etwas“-

Geschwafel reicht Herrn M bei künstlerischen
Themen vollkommen aus, denn Klugschwätzer,
weiß Gott, die gibt es zur Genüge.
Sein Chef nimmt ihn hauptsächlich dann wahr,
wenn er sich einen kaum erwähnenswerten
Fauxpas erlaubt. In solchen Situationen möchte
er fortan lieber unsichtbar bleiben, aber
darüber wächst Gras, wie über jedes bedeu-
tungslose Ereignis Gras wachsen wird, bis es
gänzlich aus dem Gedächtnis getilgt ist.
Ohnehin sitzt Herr M gewissenhaft wie jeden
Arbeitstag pünktlich auf seinen Drehstuhl,
bereit mitwachsender Stundenanzahl die Schwere
seines Körpergewichtes in das Polster versin-
ken zu spüren. Ebenso beflissen läutet er den
vertraglich vereinbarten Feierabend nach 7,8
Stunden ein, das heißt umgerechnet nach 7
Stunden und 48 Minuten. Hochhieven, Sachen
packen, wenn sie denn überhaupt ausgepackt
waren, kurzes Nicken als Andeutung erneut eine
Schlacht geschlagen zu haben und ausstempeln,
wahrlich es wird ihm nichts geschenkt!
Auf dem vertrauten Nachhauseweg nutzt der
Erschöpfte die öffentlichen Verkehrsmittel,
doch zwingt er seinen Willen manchmal einen
Spaziergang auf, der die Durchblutung fördert,
den Kreislauf stabilisiert und im Allgemeinen
förderlich für das Wohlbefinden des Körpers
sein soll, so pflegt es zumindest sein Haus-
arzt gerne zu sagen. Wie ein Strich in der
Landschaft wandelt dann ein Schatten von einem
Laternenlichtkegel zum nächsten, stetig
verlangsamt bis ihn das Dunkel fast ver-
schlingt. Diese Konstitution scheint einen
leidenschaftlichen Raucher zu verraten, aber
dieses Hobby wurde ihm abgewöhnt, weil die
Glimmstängel bekanntlich immer teurer werden
und die wesentlich billigere Importware aus
Tschechien zwar viel enthält, aber leider
wenig bis gar keinen Tabak. Geistig ist Herr M
auf den letzten Metern beglückter denn je,

denn er denkt an seine Allerweltsflimmerkiste, in deren Programm er sich am Unglück anderer ergötzt und froh darüber ist, dass er ist wie er eben ist - ein Durchschnittsmann. Einer unter vielen. Lediglich die Werbepausen schmälern seine Freude, weil sie ihm offenbaren, was ihm fehlt: Eine neue Küche mit Umluftbackofen, dabei backt er kaum; eine Heckenschere für den perfekten Schnitt der Gartengrenzen, dabei pachtet er nicht; Spitzenhöschen für die Freundin, aber er hat … überflüssig weiter auszuführen, was er nicht besitzt. Am Ende eines solchen Werbeblocks erscheint ihm der Kauf eines Knusperschokoriegels mit verbesserter Rezeptur das einzig sinnerfüllte Produkt zu sein, welches er jetzo auf dem Heimweg kurz vor Ladenschluss beim hiesigen Tante-Emma-Laden erwirbt. Bei dieser Gelegenheit erliegt Herr M der Versuchung und ordert an der Kasse seine Lieblingszigarettenmarke Lucky Strike für 5,60 Euro. Die Dunkelheit ist sein Freund, um unentdeckt zu bleiben, wie sie auch alkoholisierten Muselmänner Schutz vor dem Auge Allahs bietet. Am Küchenfenster, welches verlassen in den Hinterhof ragt, raucht er deswegen ohne Licht die halbe Schachtel Zigaretten. Nur ein orange aufleuchtender Punkt in der Nacht verrät die Tat. Angewidert wirft er die Übriggebliebenen in den Müll, denn er ist schließlich Nichtraucher. Stehen am darauf folgenden Morgen neben ihm am nass glänzenden Bahngleis zehn weitere Herren der Schöpfung, so vermag Herr M nicht aus ihnen hervorzustechen. Allesamt riechen widerwärtig nach nassem Hund, weil sie zu stolz waren, den Regenschirm vom Schuhschrank mitzunehmen, nun hat sie der Regen sie kalt erwischt. Alle elf stehen im Dreiviertel-Mantel parat, weil diese aktuell in Mode sind, und schauen synchron auf das Ziffernblatt ihrer massigen Armbanduhr, sobald die gehetzte

rote Tram heranhechelt und vor ihnen hält, als
ob sie die exakte Abfahrtszeit prüfen und im
Verspätungsfall sogar monieren wollen. Fünf
von ihnen leben in einer Beziehung, glücklich
oder nicht, spielt keine Rolle. Herr M gehört
zu den anderen sechs. Wobei ein gewisser
biochemischer Reiz in den Werbepausen, wenn
die pfirsichfarbenen Hintern dieser himmels-
gleichen Geschöpfe sich dicht vor der Kamera
räkeln, unleugbar ist. An Selbsthilfe zur
Selbstliebe mangelt es ihm jedoch nie, spätestens durch das Abendprogramm. Herr M fühlt
Geborgenheit in der antrainierten Rolle als
Steppenwolf, als Einzelgänger, den keine Frau
zu binden vermag. Er genießt seine Freiheit
Zug für Zug. Er weiß, was ihm am Besten tut
und spottet gern beim allmonatlichen Umtrunk
in seiner Clique über die armen Teufel, die
nicht so sind wie er, denn er ist der Prototyp
eines ganzen Volkes. Ein Volk, welches sich
vergisst, sobald es nach getaner Arbeit, die
Tür im Rücken ins Schloss fallen lässt. Die
Tür, oder besser ausgedrückt das Portal ist
ein magischer Durchweg in das eigene Reich. Da
gerät beinahe außer Acht, dass die Enklave nur
gemietet, und im Falle von Herrn M, eine
Zweizimmermietwohnung in der Südvorstadt ist.
Ein wunderschöner Altbau im Jugendstil mit
charakteristisch hohen Decken, aber was
interessiert das einen Menschen von mittelmä-
ßiger Größe? Jeder Freitagnachmittag ist ein
Feiertag, denn die Heimkehr löst einen Trott
ab, welchen er die kommenden zwei Tage ent-
fliehen kann, er wird eins mit der Ruhe und
schöpft aus ihr Kraft für die nahen Strapazen
der kommenden Arbeitswoche, die ihr dunkles
Gewölk bereits am Horizont auszubreiten
beginnen. Doch genug der Schalkheit von
Morgen!
Zauberhaft ist die Vorstellung den Unsichtbar-
keitsumhang anzulegen. Niemand kann mit

Bestimmtheit sagen, ob Herr M zuhause ist, denn niemand nimmt ihn jemals wahr. Kocht er? Schläft er? Stiert er in die Flimmerkiste? Wer weiß dies in der Anonymität der Stadt schon zu beantworten? Am wenigsten Frau A, denn sie ist daran interessiert hastig das Treppenhaus fertig zu feudeln, um die Wahrscheinlichkeit eventueller Begegnungen einzudämmen. Jede Ablenkung zögert ihr Wochenende, falls es als berufstätige Frau nach der Hausarbeit ein solches überhaupt gibt, weiter hinaus. Eine grundlegende Sauberkeit ist zwar wichtig, aber nicht um jeden Preis. Ist schließlich keine Grafschaft, sondern nur ein Mehrfamilienhaus, denkt sie. Zur Not bleibt ein bisschen Dreck in der Ecke liegen, denn wie gesagt, es interessiert dort schlichtweg niemanden, wo der eigene Seelenfrieden als wertvollstes Gut gepriesen wird, welches im höchsten Maße schützenswert ist, weswegen das natürliche Desinteresse aufhört, sobald der Kerl im 2. Stock sein Schuhwerk liederlich auf der Zwischenetage verteilt, denn dieser Mehraufwand und sei er noch so gering, erhöht die Chance jemanden anzutreffen. Typisch Junggeselle! Kreuz und quer schleudert er seine Botten umher, ganz als ob er alleine auf der Welt ist. In einem beklommenen Moment der Stille am Abendbrottisch spricht Frau A dann von dem unordentlichen Nachbarn, denn seinen Namen weiß sie nicht zu nennen. An seiner Eingangstür hängt nämlich kein Schild, was heißt, dass Aufschluss darüber lediglich die Briefkästen oder das Klingelbrett bietet. Soweit reicht ihr Enthusiasmus jedoch nicht aus, sie möchte sich bloß unterhalten und das je oberflächlicher desto besser. Vornehmlich bei Nacht dringen vergnügte Stimmen durch die Stubenwand, die direkt an die Wohnung des Herrn M anschließt. Hat der etwa Frauenbesuch? Frau A ist weiter nicht interessiert, sagt

sie, aber warum drückt sie ihr ausgetrunkenes
Rotweinglas gegen die Tapete und versucht mit
dem Ohr deutlicher zu lauschen? Ihrem Mann,
namentlich Herrn A, ist die merkwürdige
Anhäufung an roten Kreisen auf der recht
einfarbigen Tapete längst aufgefallen, aber
bei der Verschönerung der Inneneinrichtung
hält er seine Frau prinzipiell an der langen
Leine, sie ist kreativ und er ist der Mann
einer Kreativen.
Das der Freitag für Berufstätige prophetisch
freie Tage bedeutet, weiß das Kind B maximal
aus Erzählungen seiner Eltern, die mit ihm
gemeinsam die Wohnung hinter dem dritten
Zugang auf derselben Etage wie Herr M bewoh-
nen. Unter den Papieraugen seines Lieblings-
fußballers schlummert das Kind B sich an die
Seite seines Idols mit dem er gemeinsam auf
dem Spielfeld zu stehen begehrt. Später als
Erwachsener, wenn seine Träume begraben sind,
wird er um keinen Preis eher schlafen gehen
wollen, bis ihn der Alkohol dazu zwingt, aber
er ist zu jung und weiß den Freitag eben nicht
gebührend zu würdigen. Ausgeruht spielt er
dafür mit seinen Kameraden umso besser auf.
Unten bei den Garagen floriert am Samstagmor-
gen ein wahres Fußballfest. Die himmelblauen
Stahltore dienen als Begrenzung für die Tore
und der Schotter wird zur teppichgleichen
Wiese ihres Lieblingsvereins. Die Partie ist
in vollem Gange und der dreckige Ball, der
gestern noch auf dem matschigen Schulhof
rollte, hinterlässt nun braune Abdrücke an der
Wand oder besser noch auf dem blauen Grund,
denn dann hat das Team ein Tor erzielt. Wobei
der Abdruck allein durch den lauten Knall des
Aufpralls überflüssig wäre. Tor ist Tor. Herr
A schaut aus dem Fenster, schüttelt den Kopf
und glaubt die runde Inspirationsquelle seiner
Frau gefunden zu haben, wohingegen der tosende
Widerhall, der aus der Häuserschlucht nach

oben drängt zur empfindlichen Qual des Herrn M
verkommt. Den gesamten Vormittag toben sie, so
wie die Samstage zuvor. Wenn das Wetter es
zulässt, sogar am Sonntag. Mit knirschenden
Zähnen sitzt er aufrecht auf seinem Küchen-
stuhl und berstet beinahe vor Wut. An seinen
einzigen freien Tagen, lässt sich Herr M
bestimmt nicht von diesen Tunichtguten aus der
Wohnung treiben. Er bleibt standhaft und
gewinnt den Kampf gegen den Ton, der allmählich verstummt – er ist wieder zufrieden,
solange er den Wetterbericht um 20 Uhr nach
den Tagesthemen verpasst, der das morgige
Wetter als hervorragend verkündet und damit
geeignet ist für eine Revanche, denn das
ehrgeizige Kind der Familie B hat heute im
Fußball verloren. Nicht urplötzlich sucht
Herrn M schleichend der Tagtraum heim, der ihn
nach mehr Ruhe verlangen lässt. Am Besten in
einer ländlich frommen Gegend mit wenig Stadt
und umso mehr Herzlichkeit. Die rücksichtslosen
Kinder mit ihren stummen Eltern, die negative
Energie der Hausbewohner, die ständig im Raum
umher geistert fällt ihm schon länger auf und
mit seinem zutage treten vor allem auf die
angespannten Nerven. Er möchte sein Umfeld
eintauschen und vielleicht einen Teil seiner
Selbst. Ein Dorf, das erscheint ihm märchen-
haft, auch wenn er seine Gewohnheiten ändern
muss. Die typische Anonymität, der Komfort der
Auswahl, die mäßig weiten Strecken – all das
scheint ihm verzichtbar zu sein. Ein Mann, ein
Wort und schon ist er fort. Seine Schuhe
liegen nicht mehr durcheinander auf der Etage,
wodurch Frau A schneller durchfeudeln kann.
Sie merkt es wohl, aber sagt nichts, weil es
nun nichts mehr über Herrn M zu sagen gibt.
Ist eigentlich ein gravierender Unterschied
zwischen einem Durchschnittsstadtmenschen im
Vergleich zu einem Durchschnittsdorfmenschen
erkennbar? Herr M nutzt mittlerweile die

Regionalbahn, um seine Arbeitsstätte zu
erreichen, denn entgegengesetzt seiner Arz-
tempfehlung ist ein dreistündiger Spaziergang
zwar gesund, aber für ihn außer Reichweite der
Durchführbarkeit. Zuviel Gesundheit verträgt
kein Mensch! Trotz dem eingefleischten
Schweißgeruch der hektisch fahrenden Bahn hat
Herr M die Ruhe weg, jetzt, wo er zu jedem
Feierabend in sein kleines Wochenendidyll
hinausfährt, wo die Städter ansonsten Urlaub
machen. Wenn er des Morgens am Gleis steht,
schaut er über das saftig blühende Rapsfeld
und ist von Frieden erfüllt, wenn er verliebt
jenen Hausgiebel aus dem Gelb herausspähen
sieht, unter welchem er seit kurzem wohnt. Die
Wiederkehr gibt ihm die Freude ein, die er
ehemals vermisste, aber kaum dreht er den
Schlüssel um, erwacht die vieläugige Wand, die
jedoch mit einer überschaubaren Anzahl an
Mietparteien besetzt ist. Die Bewohner sind im
gleichen Maße zudringlich wie anhänglich, als
hätte sein Schatten, der ihm stets folgt,
Kinder gebärt. In seiner Hochparterrewohnung
angekommen, kann Herr M kaum die Schuhe von
den Füßen abstreifen, da fingiert Frau D den
Zufall ihre Türe im gleichen Augenblick
geöffnet zu haben. Ihm dünkt, dass seine
Nachbarin die Hausordnung täglich zu erledigen
ist. Allerlei Fragen zu seiner Arbeit und
seiner aktuellen Befindlichkeit muss er über
sich ergehen lassen. Dabei wird Frau D nicht
müde, versteckte Andeutungen auf die unzufrie-
denstellende Erledigung des Hausputzes zu
unternehmen. „Dieses Haus ist schließlich ein
kleines Schmuckstück und kein Hinterwäldler-
heim für Asoziale", sagt sie unverblümt in
ihrem bäuerlichen Dialekt. Mit gezieltem Blick
deutet sie auf ihren weißen Prüfhandschuh von
vergangener Woche, den sie in der herunterhän-
genden Hand mitführt und der die zurückblei-
benden Schmutzreste nicht verschönt. Die

Fingerspitzen des weißen Fließstoffes sind zu grauschwarz melierten Punkten verkommen. Ein eindeutiger Beweis der Nachlässigkeit, obwohl es aus seiner Sicht mehr als sauber im Treppenhaus zugeht. Im Übrigen, schiebt Frau D hintenan, gäbe es heute ein Fest zum Gedenken des sechsundzwanzigjährigen Jubiläums der Vormieter, die sich ehemals ein Denkmal schufen, indem sie uneigennützig die gesamten Hausbewohner in einem regionalen Radiosender grüßten. Ein rühmlicher Tag für die Gemeinde, der von da an gefeiert wird. Zu Beginn waren Herrn M die Dorffeste, die zu jeder Gelegenheit abgehalten werden, suspekt. Sie nutzen jede Gelegenheit einen Vorwand zu finden, um näher zusammenzurücken und wer nicht daran teilnimmt, dem wiederfahren keine Annehmlichkeiten, die das Leben auf dem Dorfe so süß gestalten. Ein jeder, der selbst in solchen Gefilden wohnt oder wohnte, wird wissen, wovon die Rede ist. Er stimmt also aus Alternativlosigkeit zu und verschwindet in seinem Glaszimmer, in dem keine Tat geheim bleibt. Kocht er? Ja, das weiß Frau D sehr wohl, denn Herr M bringt auf ihr Geheiß hin abends Salat in verschiedenen Variationen zum Fest mit. Nudel- und Erdapfelsalat mit und ohne Speck, sowie Brotsalat. Schläft er danach? Dafür hat er keine Zeit, denn gemessen an dem Gestank seiner Schweißfüße, muss er nach dem Kochen ein ausgiebiges Bad nehmen. Das heißt, er hat auch keine Zeit der Flimmerkiste beim Flimmern zuzusehen? Höchstens nach den Festlichkeiten. Ohnehin schaut er nur Erwachsenenfilme, wahrscheinlich um sich in Schwung zu halten, weiß Frau D dank ihres Lieblingstrinkglases, welches sie eigens zum Abhorchen ihrer Nachbarn nutzt. Typisch Junggeselle! Diese neuen Erkenntnisse werden sogleich an Frau E übermittelt, die Frau D zufällig während des Putzens getroffen hat. Ordnungsliebsam kann er

wohl kaum sein, da wird es die Zukünftige
sicherlich schwer haben. Aus einer Intuition
klingeln die beiden bei Herrn M Sturm, als
seien sie die Feuerwehr, welcher ein Brand
gemeldet wurde. Sein blasses Gesicht blickt
fragend umher. Wenn er doch grad draußen sei,
kann es nicht allzu stressig um ihn bestellt
sein, da wär' es sicher kein Fehler, mit dem
Kindchen F Fußball zu spielen. Die Damen
wussten freilich, dass die Forderung abstrus
ist, aber was schadet es, wenn sie einen
tieferen Einblick in Herrn Ms Wohnverhältnisse
erhaschen. Zudem haben sie dadurch den sprich-
wörtlichen Fuß in die Tür gestellt, was ihm
demnächst an neuen Verpflichtungen schwant.
Das Wasser rauscht unterdes schrittweise über
das dreckige Geschirr, welches in der Spüle
aufgetürmt babylonische Ausmaße annimmt. Er
hat mit keiner Unterbrechung dieses Ausmaßes
gerechnet, weswegen er nachlässig war. Der
veränderte Ton des Tröpfelns verrät ihm, dass
das Wasser inzwischen kaskadenhaft an den
Küchenschränken herabläuft. Schnell jagt er
zurück in die Küche ohne die Türe zu schließen. Eine willkommene Einladung, die Frau D
und Frau E kopfschüttelnd mit ihren Giraffen-
hälsen annehmen und jeden denkbaren Winkel
ausmessen.
Die Nacht bricht herein und Herr Ms Seelenzu-
stand wirkt aufgebrauchter als die Kirchenkol-
lekte bei der Sonntagsmesse. All die Forderun-
gen und Erwartungen, das Gesamtbild zu wahren,
haben ihn ziemlich Schmerzen bereitet. Mit
etlichen Schüsseln, die bis zum Rand voll mit
Salaten und diversen Extrawürsten gefüllt
sind, stolpert er die Treppe zum hauseignen
Vorgarten hinab und trifft auf lauter Gesichter, die er nicht kennt, doch kennen sie Herrn
M bestens, denn er ist ein Durchschnittsmensch
und wer mag diesen besser zu erkennen als
andere Durchschnittsmenschen?

<u>**Frage: Mensch? Antwort: Mensch!**</u>

Habe ich mich im Menschsein geirrt?
Nein, das möchte ich nicht akzeptieren!
Womöglich bin ich gar zu verwirrt?
Dann hilft mir eben nur prozessieren!

Aber sind manche nicht possierlich?
Vielleicht ist das nur bei Deutschen so!
Mag sein, aber wär' das natürlich?
Insgesamt geht's doch zu wie im Zoo!

Nein, nein, verflucht und noch dreimal nein!
Gibt es keine Wesensunterschiede?
Miss Marple, so verzwickt kann's nicht sein!
Stammen wir denn nicht vom selben Triebe?

Ja, vom tiefschwarzen Spross aller Bösen,
Genannt Unternehmer, Herrscher und
Unzählige andere Pompösen,
Die tragen ein zweites Loch im Schlund!

Zu einfach! Damit ist's nicht getan!
Tartüffs, Münchhausens - kurz Sittenstrolche
Sind die Regel - Und Herr Magellan?
Unterm Strich gibt's wohl solche und solche!

Die kleine Raupe, die kein Schmetterling werden wollte

Es war einmal eine kleine Raupe. Sie war für wahr ein prachtvolles Insekt. Jedes Glied von ihr war kugelrund, jedes eine Erde für sich, eine Planetenkette sozusagen. Ihre seidenen Härchen wogten in lauen Sommertagen im Einklang mit dem Wind, während die Sonnenstrahlen auf den kunterbunten Rückenpanzer schienen und die perlmutthaften Farben zum Leuchten brachten. Tausend Beinchen trugen die kleine Raupe im Gleichschritt von der saftigsten Wiese zum höchsten Baumwipfel. Ein jedes Lebewesen, welches die Raupe erblickte, wurde sogleich von ihr angezogen. Besonders unter Gleichgesinnten, also anderen Raupen, genoss sie einen begehrten Ruf. Ein jeder wollte mit ihr befreundet sein, in der Hoffnung, dass in ihrem wohligen Schatten die Schönheit abfärben könne. Zigfache Schmeicheleien erduldete sie mit einem wohlwollenden Blick und ließ die Komplimente gleich warmer Honigmilch ihren Rachen hinab tropfen. Jede Gunstbezeigung ließ sie anscheinend weiterwachsen – Glied für Glied. Trotzdem blieb sie aus Aspekten der Niedlichkeit für alle die kleine Raupe. Sie spiegelte die Gefühle, die sie erhielt, sodass sie und ihre gesamte Umgebung von beständiger Liebe erfüllt waren.
Ihre Lieblingsbeschäftigung war das Faulenzen. Während sie unter einem schattenspendenden Laubblatt herabhing und schlief, stellte sie ihren Körper gewollt zur Schau, wie die Christenheit ihren Gral. Sie war keine Larve! Sie war viel mehr ein heiliges Relikt, welches herab zu dem unwürdigen Staubboden baumelte. Es herrschte kein Neid unter jenen, die weniger reich von der Natur bedacht wurden, denn sie waren stolz sie zu kennen. Eines Morgens spazierte die kleine Raupe nach

einem erquickenden Bad im Maitau vielfüßig in Richtung ihres Lieblingsbaumes, einer Ehrfurcht erbietenden knöchrigen Eiche, die majestätisch von einem seichten Hügel ihr knöchriges Gehölz in sämtliche Himmelsrichtungen hinausstreckte. Hier konnte die Raupe ihrem Müßiggang nach Belieben folgen. Der geringe Andrang, der gerade gegen sie herrschte, setzte sie jedoch in Erstaunen, denn normalerweise wandelte sie stets den selben Pfad mit dem Hintergedanken entlang, dass sie sich vor lauter verherrlichenden Sätzen kaum zu retten vermag.

„Wo sind denn alle hin?", fragte sie bei erster Gelegenheit eine Gruppe entgegenkommender Raupen.

„Es ist doch Verpuppungszeit! Los! Auch deine Zeit ist gekommen, den nächsten Schritt zu wagen", sagte eine von ihnen im schnellen vorbeihuschen.

„Für mich? Nein, wieso? Ich bin eine Raupe und so soll es bleiben! Schau mich an, ich werde von allen Wesen bewundert, die mich sehen. Und das soll ich aufgeben in dem Unwissen, was mir die Zukunft bringt? Nein danke, es kann mir nur schlechter gehen", gab die kleine Raupe trotzig zur Antwort, in dem sie im Begriff stand, sich abzuwenden, um die letzte Wegstrecke auf ihren angestammten Pfad zur alten Eiche zurückzulegen. Die kommenden Tage wurde es stetig ruhiger um die kleine Raupe herum. All ihre Freunde, die noch vor kurzem ihren Schatten der Schönheit bewohnten, hingen fauler als sie es je vermocht hätte, wie welke Blätter von den Zweigen. Es war unmöglich sie auseinanderzuhalten, da sie ein Ganzkörperanzug kleidete, der keinerlei Konturen und somit Rückschlüsse verriet.

Ohne die Aufmerksamkeit der anderen, versuchte sie ihr sorgenfreies Leben weiterzuführen, was ihr gründlich misslang. Kein Tag unterschied

sich im Geringsten vom vorherigen, doch war das wirklich so? Das Hochgefühl, welches ihr die Komplimente verschafften, waren verstummt, ansonsten war alles wie bisher. Ihre Betrübnis endete jedoch abrupt als sie einer jüngeren Raupenansammlung begegnete. Die kleine Raupe ließ die Gelegenheit nicht verstreichen und posierte nach allen Regeln der Kunst mit jedem Glied, das ihr zur Verfügung stand. Sie richtete ihren Knubbelkörper auf, bis sie auf den hintersten Beinen stand, um ihre beeindruckende Größe zur Schau zu stellen. Sie spielte mit dem Licht wie ein Marionettenzieher mit seiner Puppe. Die Sonne war ihr gefällig und reflektierte jede denkbare Farbe, als wäre sie zu keinem weiteren Zweck nutze. Demutsvoll erbaten die Neuankömmlinge auf unbestimmte Zeit verweilen zu dürfen und so schien die kleine Raupe gemäß ihrem Credo der fernöstlichen Weisheit „Übe dich im Nichtstun, und alles fügt sich zum Guten" recht zu behalten. Es war wenig verwunderlich, dass fortan kein Tag mehr in Einsamkeit verging und es in ihrem Schatten wieder lebendiger zuging. Wie wollte die kleine Raupen jetzt glauben, dass es jemals schlimmere Zeiten jenseits dieser gegeben hatte?
Durch ein unbekanntes Geräusch wurde die Raupengemeinschaft in ihrem Schlaf gestört. Die Stille war durchschnitten durch ein wimmerndes Geheul, obgleich es eigentlich windstill war. Der Schreck, der ihnen in die Glieder fuhr, war nicht ohne. Es musste erst einige Zeit verstreichen, bis die Besinnung zurückkehrte und sie wahrnahmen, dass die Puppen in den Wipfeln von einer unsichtbaren Macht bewegt wurden. Auf einmal trat aus einem Riss ein schmächtiges Beinchen hervor, bald darauf waren es sechs an der Zahl. Im nächsten Moment befreite sich ein langgezogener Rumpf, bevor ein gigantisches Flügelpaar Befreiung

erlangte. Der ergraute leblose Kokon ward abgestoßen. Wie durch einen Donnerschlag aus dem Schlaf erwacht, zappelten in Folge auch die restlichen Puppen heftiger umher. Feenartige Wesen erfüllten darauf die Lüfte. Elfenbeinflügel mit orangen Spitzen, die in ihrer Detailverliebtheit selbst ein Dürer nachzuahmen außer Stande wäre. Manche hatten puderrote Flügel, über die sich dunkle Linienmuster schlängelten, als seien Magmaströme aus einem Vulkan ausgebrochen und über sie geflossen. Ein Geschöpf war zitronengelb, ein hochschwangeres Rapsfeld, welches vergnügt auf die kleine Raupe zu flattert, die inzwischen wieder ihre Hinterbeine bemühte, um die ungeteilte Aufmerksamkeit zurück zu erlangen. Doch vergebens. Die Augen waren auf die fliegende Blumenwiese gerichtet.
Der gelbe Schmetterling hob an: „Hey, kleine Raupe! Hier oben bin ich, kannst du mich sehen? Siehst du, wie ich fliege? Siehst du, wie ich aussehe? Und du bist noch immer, was du bist und warst!"
Beleidigt gab die kleine Raupe zur Antwort: „Wer hoch fliegt, kann tief fallen. Wer am Boden schon die Schönheit selbst ist, braucht auch sonst keinen Vergleich zu scheuen!" Die Faszination der daneben befindlichen Raupengruppe, war ungebrochen, sodass sei von dem Dialog keine Notiz nahmen. Kein Blick streifte die arme kleine Raupe, die in diesem Bewusstsein gekränkt ihr Faulenzerplätzchen aufsuchte, um sich in Einsamkeit zu üben. Es ist eine Frage der Zeit, wann die anderen Raupen auf die Bäume klettern würden, um ihre Puppen zu weben aus denen wunderschöne Schmetterlinge hervortreten.
In unregelmäßigen Abständen dachte die kleine Raupe an das Gespräch mit dem Schmetterling. Die, die sie einst bewunderten hatten sich abgewendet. Sie blickte an ihren Körper herab

und musste mit arger Verwunderung feststellen, dass ihre Farben ausgeblichen von der Sonne waren. Auch sie ist mir abtrünnig geworden und raubt mir die einst schillernde Farbenpracht, dachte sie im Stillen und schluchzte. Ich bin hässlich wie eine Motte, dabei kann ich nicht einmal fliegen. So hing sie an dem altbekannten Faulenzerplatz. Das Blatt, unter welchem sie hing, hatte Löcher bekommen und schützte sie unzureichend vorm Regen, der von ihr herab plätscherte und gemeinsam mit den Tränen der Raupe den Boden in Matsch verwandelte. Die Kokons bekamen auch diesmal risse und brachten die Farbtupfer hervor, die den Blüten der Wiese ihren Rang streitig machten. All die Schmetterlinge, jung wie alt, fanden zu einander.

„Hat einer von euch die kleine dicke Raupe gesehen?" Alle Schmetterlinge verneinten und flogen aus, um ihre ehemalige Freundin zu finden, doch nirgends war eine Spur von ihr. Sie gelangten auch an jene Eiche, der bekanntlich ihr Lieblingsort gewesen war, aber was sie dort vorfanden, war das zerschlissene Laubblatt, welches mit letzter Kraft an seinem Zweig zu hängen schien. Bei näherer Betrachtung erkannten sie eine Puppe. Ein aufatmen war unverkennbar, denn sehr bald würde die kleine Raupe ein Schmetterling werden, aber jeder Besuch mündete in die Erkenntnis, dass der Kokon verschlossen blieb. Grau und fad hing dort das Geheimnis in Tränenform, welches die Raupe verbarg, die kein Schmetterling werden wollte.

Ein geschmücktes Fenster macht noch keine Weihnacht

„Siehst du das?"
„Was soll ich sehen? Hier ist weit und breit nichts Besonderes ausfindig zu machen."
„Deine Augen sind frei und ohne Hindernis, aber sie verrichten ihre Aufgabe schlecht!"
Das Gespräch ging über in ein vogelwildes Gezwitscher der zwei Schwalbenkinder. Für gewöhnliche Beobachter hatte dieses Schauspiel etwas vom freundschaftlichen Necken, wie es auch unter Jungen der menschlichen Rasse üblich ist. Für uns, namentlich die Naturforscher, hätte es spannender kaum sein können, denn wir wurden Zeuge dieser Wegscheide.
„Erinnerst du dich? Vor einigen Nächten war das Blätterdach über uns dicht genug, um die stärksten Gewittergüsse von uns abzuhalten. Mittlerweile sind ihre Träger Gerippe. Der beständige Feuerfunken verblasst und obwohl er äußerlich Wärme ausstrahlt, kann er unsere Gefieder nimmer in dem Maße erwärmen, wie es notwendig wäre."
Lachend erwiderte die zweite Schwalbe:
„Tu nicht als wäre das eine Neuigkeit! Das ist eben der Lauf eines Jahreszeitenwechsels."
„Nehmen wir an, ich wüsste es tatsächlich nicht. Was wäre dann?"
„Wie meinst du das? Seit es Schwalben gibt folgen wir dem angeborenen Instinkt, der uns dazu treibt im Spätherbst vor dem Winter in wärmere Gefilde zu fliehen."
„Eben das meine ich! Unser Leben besteht aus lauter kleineren und größeren Kreisen. Wie schnell ziehen sie an uns vorüber, bis wir bemerken, dass es in Wirklichkeit eine Spirale war. Findest du das nicht auch langweilig? Ständig die selben Gewohnheiten. Wo bleibt da der Reiz?"

Das Zwiegespräch war alltäglicher, als es
womöglich den Anschein macht. Seit Jahren
gehörten solche Gespräche zwischen ihnen, so
kurz vor Wintereinbruch, einfach dazu. Ein
Schweizer Uhrwerk könnte nicht genauer funktionieren, als das diese auflehnenden Sätze mit
dem ersten fallenden Laub dem Schwalbenschna-
bel entfleuchten. Sein gefiederter Zuhörer
schloss für gewöhnlich die Augen mit dem
Wunsch, dass seine Ohren ihnen nachahmten.
„Wie sollen wir wissen, ob es zu kalt ist,
wenn ständig der gesamte Schwalbenschwarm gen
Süden fliegt."
Die Temperaturen sanken merklich herab und
zwangen die beiden in den Mauerspalt eines
Bauerngehöfts, wo sie dem Flug des Vollmondes
verfolgten, bis der Skeptiker unter ihnen
rechthaberisch anhob.
„Und das ist erst der Anfang. Dieser Vorge-
schmack an Winter reicht dir also nicht aus?
Ich bin dafür, dass wir uns unseren Freunden
und Familien anschließen und aufbrechen."
„Natürlich willst du das! Du folgst ihnen
stets wie ein Schatten, der alleine nicht
existieren kann. Vielleicht kann dich das
überzeugen: Ich hörte nämlich von einem Fest
der Menschen, welches den Winter wärmer machen
soll als den Sommer. Sie nennen es Weihnacht.
Sie schmücken zur dieser Zeit ihre Stübchen,
im Besonderen die Fenster, mit einem Meer aus
Kerzen und öffnen ihre Herzen, die dann größer
sind als ein Scheunentor. Ich möchte Teil
dieser großartigen Liebe sein."
Allem Zetern zum Trotz, war das Vorhaben
beschlossene Sache und erstmals seit Aufzeich-
nung der Zugvogelaktivitäten der Rauchschwal-
ben, blieben zwei Exemplare von ihnen zurück.
Das Wetter schien gegen sie zu sein, sodass
die Vögel ihre schützende Nische ausschließlich zur Nahrungssuche verließen. Manch einen

Herbsttag mussten sie auf diese Weise komplett in ihrer Ziegelsteinnische verbringen. Der Schutz vor Regennässe, und vor allem vor Kälte, war mangelhaft. Die wohligeren Tage, an denen es heller und wärmer ward, waren an einer Kralle abzuzählen. Ein zweites Federkleid wäre mit Sicherheit wünschenswert gewesen und obschon wir liebend gerne dabei geholfen hätten, so war der wissenschaftliche Hintergrund immens und verbot jegliches Eingreifen. Man sollte bedenken, dass dies der Wendepunkt einer evolutionären Entwicklung hätte sein können, dessen Zeugnis von wesentlicher Bedeutung war. Bestimmt wuchs der Wunsch nach einem dritten und vierten Federkleid im Verlaufe des Dezembers ins unermessliche, dafür wurden die Schwalben zweifelsfrei eines natürlichen Phänomens teilhaftig, wie nie ein Artgenosse zuvor.
Winzige Flocken segelten sanft aus der dichten Wolkendecke - zart und fromm, eine Herde weißer Lämmchen, die auf die gefrorene Weide zurückkehrten. Als einige davon auf dem Schnabel landeten, erkannten sie die feinen Kristalle, die filigrane Unikate darstellten, obwohl sie aus der Distanz eine Einheit in Weiß bildeten. Aber die Schönheit war vergänglich, denn sie verkamen zu kaltem Tauwasser, welches gefror und den Elendszustand mehrte, wo die Landschaft ihr Festtagkleid überstülpte.
Die Fenster der Menschen nahmen eine ebenso erstaunliche Verwandlung vor. Sie reiften nämlich von lieblosen Plätzen, die sonst dazu dienten das Licht sporadisch hineinzulassen, hinzu wunderschön geschmückten Schaufenstern, aus denen Engel, Bergleute, Lichterbögen und haufenweise funkelnder Kleinkram grüßte. Das war also die berüchtigte Weihnacht der Menschheit. Die Zeit war nun günstig für die beiden Schwalben ihr Glück zu finden und dauerhaft

ihre Nische zu verlassen, um Teil dieses Festes der Liebe zu werden. Die Kälte wirkte jedoch lähmend und die kleinste Böe, die ihnen sonst Auftrieb verschaffte, schnürte ihnen nun die Kehlen zu und drückte sie hernieder. Die Schwalben klopften mehr als einmal gegen die bunten Fenster, doch mehr als einen flüchtigen Blick, wurden sie nie gewürdigt. Zuerst vermuteten sie kaum etwas besonders dabei, vielleicht müsste der Weihnachtsgedanke der Nächstenliebe erst wie eine Krankheit verbreitet werden - ja bestimmt! So redeten sie einander ermunternd zu, dass sie schlichtweg zur falschen Zeit am falschen Ort waren. Aber selbst die Stadt, die durch ihre Ausmaße mächtig Eindruck auf die kleinen Schwalben machte, war anscheinend der falsche Ort für Weihnachten. Von der einmaligen Kulisse des Marktes mit seinem lichtübersäten Tannenbaum, hätten sie Ewigkeiten in Schwärmereien verbringen können, aber auch hier blieben die Fensterläden für sie verschlossen.

„Hast du jetzt, was du wolltest? Es ist bitterkalt und die Hoffnung auf Hilfe habe ich verloren. Ich habe vergessen, wie es ist, seinen Leib zu fühlen, stattdessen leide ich Tantalusqualen, indem ich in warme Stuben schaue, die keine Flügelbreite von mir entfernt und doch unerreichbar sind. Ist das das Fest, welches du beschrieben hast? Die Menschen schmücken prächtig und essen auf den Märkten und wir dürfen annehmen auch in ihren Heimen mehr, als sie vertragen können, aber das Entscheidende, das Herz, ist nicht Scheunentorgroß, sondern ein verschrumpeltes Rosinenorgan, welches in der Ecke eines feuchten Kellers dahinschimmelt. Befreit es, möchte man ihnen zurufen, aber sie hören uns ja nicht, wenn sie überhaupt wissen, wo der Schlüssel zu solch einer tiefen Empfindungen verborgen liegt."

„Wie recht du hast mein Freund. Oh, hätten wir
auf deinen Rat gehört, anstatt auf meinen
Egoismus. Es gäbe dann kein Leid zu leiden! Ob
wir beide zugrunde gehen müssen? Aber wie
konnte ich auf Hilfe rechnen? An allen Fenstern, an denen wir bisher klopften, waren die
Bewohner der Häuser lediglich be-
strebt, ein geheucheltes Weihnachtsfest zu
erleben, um ihre Gemüter zu befriedigen, zu
erzählen, was sie Gutes geleistet hatten und
so weiter. Dabei streichelten sie ihre feisten
Wänste, die zum Bersten voll mit Lebkuchen und
anderen Süßigkeiten waren. Die Menschen hier
sind so sehr abgestumpft, dass sie ihren
eigenen Überfluss nicht kennen und das Teilen
verlernt haben."
Die Kräfte gingen den Schwalben zur Neige. Das
Federkleid sah unansehnlich zerzaust aus. O
stille Nacht, o heilige Nacht.
Mit dem letzten Flügelschlag retteten sich die
Bedürftigen in eine stinkende Unterführung.
Die orange gefliesten Säulen mussten den
Anschein einer heiligen Halle erwecken.
Dennoch waren die Schaukästen zerschlagen,
ihre Glassplitter lagen weit verteilt auf dem
Boden. Ihren vorgesehenen Zweck hatten sie
längst verloren, so standen sie leer in der
Gegend. Der sonst ausgehängte Plan war offensichtlich abhandengekommen. Unerwartet
drang aus den Schatten, den kein Neonlicht
erreichte, eine alte Damenstimme in ihr Ohr.
„Ach, ihr armen Schwälbchen. Hat euch das
Schicksal noch ärger mitgespielt als mir
hässlichem Weibsbild? Kommt unter meine Decke
und wärmt euch auf. Bald wird es besser. Habt
Geduld, dann kehren eure Kräfte zurück und ihr
könnt wieder richtig fliegen. Ach, wie gerne
würde ich mich mit euch unterhalten, wenn ich
euch nur verstehen könnt, aber viel lieber
würde ich mit euch fliegen! Wir würden das
Erdenrund von weit oben betrachten und fest-

stellen, dass Probleme von dort winzig scheinen und in einem Farbenwirrwarr zu einem
Einheitsbrei verkommen. Ist es nicht so? Was
sind Probleme? Ich habe oft darüber nachge-
dacht, bin aber nie zu einer Antwort gekommen.
Ja ja, ihr zwitschert jetzt schon wieder
vergnügt, denn ihr wisst es besser als ich.
Nur derjenige, der keine Probleme hat, weiß
sie vermeintlich zu definieren. Kommt und esst
von ein paar Krumen. Freilich sie sind altba-
cken und steinhart, aber es ist der verbleibende Proviant, den ich besitze. Nehmt es und
kuschelt euch unter die Decke, denn gemeinsam
sind wir stark!"
Die alte Dame bettelte mit Leidenschaft, weil
sie ihre Schwalben umsorgen wollte und wie sie
es voraussagte, bezwangen sie die eisige Zeit.
Mit den ersten anhaltend wärmenden Sonnen
strahlen flogen die Schwalben von dannen, aber
nicht ohne ein Lied des Dankes an ihre Rette-
rin zu richten. Sie flogen zurück, wo ihr
Abenteuer begann und bald waren sie wieder in
Gesellschaft ihres Schwarms, denen sie von den
vergangenen Monaten ausreichend zu berichten
wussten.
„Ein Engel ohne Flügel hat uns das Leben
erhalten. Ohne diese Fürsorge könnten wir
keine Geschichte erzählen. Weihnachten ist
ein Wort, das in den meisten Stuben gefeiert
wird, weil es der Kalender vorschreibt, nur
die, die mit offnem Herzen das Jahr über ihr
Leben bestreiten, ernten als Dank ein kleines
Wunder und diese gibt es täglich, so klein und
zerzaust sie auch sein mögen. Es war härter
für uns als jemals angenommen, aber schließlich fanden wir ein solches Herz und eins ist
schließlich ausreichend!"
Sämtliche Mitarbeiter der Forschungsstation
waren davon gerührt, obgleich ich für meinen
abschließenden Bericht anmerken muss, dass der
Mensch am Ende doch der Gute war, immerhin

hätten die Vögel ohne seine Hilfe, den Winter nicht überlebt. Enttäuscht von der Einsicht keinen Fortschritt der Evolution dokumentiert zu haben, schalten wir die Peilsender ab. Was wir seitdem wissen ist, dass Schwalben keinen Sommer, aber geschmückte Fenster auch noch lange kein Weihnachtsfest ausmachen.

Eine alte Dame lernt

In Hamburg durch Frau Hauptbahnhof
Stapft die Heeresschar ganz famos
Und sieht die heißen Tränen nicht
Die rollen vom stein'gen Gesicht

Die Alte ist drüber erbost
Verübt Rache zu ihrem Trost
Bildschirme, die die Uhr zeigen
Bringt sie gewaltvoll zum Schweigen

Was sie wollte, hat sie erreicht
Die Menschen stehen aufgeweicht
So wie Brot in der Terrine
Ist aufgelöst die Routine

Menschen ruhen in ihrem Schoß
Ohne Widerhall der Echos
Züge liegen im Morgenglanz –
Das habt ihr von der Ignoranz!

Die Frau will sich begehrt fühlen
Was reicht's im Innren zu wühlen?
Die Strafe ist nur allzu fair
Niemand geht, alle stehen schwer

Die Beachtung ist ihr sicher
Doch das macht sie nicht glücklicher
Still sieht sie all die Hässlichkeit
Ihr dünkt das Tun war ungescheit

Drum löscht sie ihre lodernd Glut
Mit der einst salz'gen Wasserflut
Verdorrt ist dann geschwind die Wut
Aber was folgt braucht neuen Mut:

Denn wer auffordert sich selbst zu ertragen,
Darf sich über andere nicht beklagen!

Fanal

Die Menschen streben nach Ewigkeit, aber was wissen sie damit anzufangen? Dem geringsten Gedanken, wie ein Licht in der Grube der Bedeutungslosigkeit zu verglimmen, wollen sie entgegenwirken; sie wollen Verwirklichung, wollen eine heroische Statue aus weißem Marmor in vorteilhafter Denkerpose, an welcher sie sich noch zu Lebzeiten ergötzen. Trotzdem erfüllt es sie mit Freude den Hirngespinsten Farbe zu verleihen, in welchem Maß sie von der Nachwelt vermisst werden. Sie trotzen dem Raunen, das ihre Gedärme bis in die tiefsten Tiefen durchdringt und ihnen beständig zuflüstert, dass sie unwichtig sind, aber o weh, das Paradoxon Mensch wird dadurch geboren, dass die Ignoranz sich umso mehr stählert, desto niedriger die Wahrscheinlichkeit der Wunscherfüllung ist.
Ich verhehle nicht, dass die Unendlichkeit eine unvorstellbar lange Zeitperiode ist, die schrittweise zur Indolenz erzieht. Wer will, der kann freilich behaupten, dass jeder Steinklotz mehr erreicht hat, als ein Mensch zu träumen wagt, denn er währt ewig, aber wer beneidet ihn darum, dass er vom Packeis an einen fernen, unbekannten Ort entführt wurde, um Jahrtausende starr auf dem Rücken zu liegen und beständig in den Himmel zu starren? Wenn die Menschen die Wahl hätten, wie viele von ihnen würden dennoch lieber das Schicksal des Steins wählen, nur um plumpe Ewigkeit zu erlangen?
Nüchtern betrachtet, ist das Lebensziel das Sterben, denn es steht unweigerlich am Ende und darauf arbeiten die Menschen von Geburt an ungewollt hin. Aber selbst der Tod soll nicht einfach vonstattengehen – dieses schnöde aus und vorbei, nein er bevorzugt das Sterben im großen Stile. Ein kolossales Erbe dient als

Visitenkarte, die zu hinterlegen, nicht jedem beschieden ist, weswegen eine positive Erinnerung als das Mindeste angesehen wird. Aber wer von ihnen ist es wert, seiner oder eine Kleinigkeit, die mit demjenigen in Verbindung steht, zu gedenken? Die Geschichtsbücher müssten überquellen vor solcherlei kleinkarierten Eitelkeiten, aber was nützt es, wenn die Menschen trotzdem tot sind? Werde ich das jemals verstehen?

Dieses Unverständnis veranlasste mich die Leiden der Leidenden zu mindern, weil es mir ein innerer Graus war, ihnen bei den jämmerlichen Versuchen zuzusehen. Stets spielten sie einander Streiche, um vermeintlich im Rang zu steigen, aber niemand war selbstlos genug sich für eine Sache zu verschwenden, die nie eine Chance hatte, es überhaupt wert zu sein. Sie starben und wurden vergessen. Weder wurden ihre Namen weitergetragen, noch von etlichen Zungen ausgesprochen. Mit dem Erschlaffen ihrer Glieder verschwanden die verbleibenden blassen Abdrücke ihrer Spuren. Wenn man es mir vielleicht auch nicht glauben mag, so stimmte mich dieser immer gleiche Werdegang traurig, obwohl ich milchiger Dunst bin, dem eine mystische Nachrede aus den Mären alter Völker anhaftet, deren Namen ebenfalls vergessen wurden.

Was ich benötigte, war mein eigenes Versuchslabor, deswegen flog ich in meinem morgendlichen Aufbegehren über den Atlantik hin zu einer Insel, die mir als Garten der ewigen Menschen dienen sollte. Der Nordwind blies mich durch die Wälder, bis ich wie eine Aschekrone auf der höchsten Erhebung des Eilands ruhte. Diese mäßig bewohnte Insel sollte unter Menschen den Ruf erlangen, dort zu finden, was sie suchen – Ewigkeit. Doch dieses Unterfangen wurde alles andere als leicht. Eines Tages fand ich einen Verirrten

und heftete mich sogleich an seine Fersen und
trieb ihn weiter hinauf auf das undurchsichti-
ge Hochplateau. Hier kam der Mensch zu Fall
und hier sollte er sterben. Der somatische Tod
trat nach seinem Sturz mit dem Stillstand des
Herzens ein. Ein Veilchenmantel umgab ihn nach
und nach, bis er schließlich wie morsches
Geäst auf den weichen Moosbänken steif hernie-
derlag. Mikroskopische Bakterien erfassten den
Leib und sorgten für eine Blasenbildung, bis
auch das letzte Stadium der Verwesung einsetz-
te und alle inneren Organe versiegten. Das
Gerüst aus Knochen währte am Längsten. Dieser
morbide Zwitterzustand verging aber allmählich. Mit jedem Sonnenaufgang besuchte ich das
ehemalige Menschlein und erfreute mich an
seiner stillen Vergänglichkeit und an der
Prozedur des Verfalls, den niemand aufhalten
kann.
Mein Wirken ging jedoch darüber hinaus und
bald darauf keimte aus dem weichen Grund ein
grüner Trieb hervor, so zart, dass man ihn
behüten musste. Der Trieb spaltete sich und
bildete immer wieder neue Triebe aus – der
neue Mensch erblühte! Seine Krone war in Bälde
umkränzt von alabasterfarbenen Zapfen aus
Blüten und sein Ursprungstrieb war unbiegsam,
weswegen er nun als Stamm bezeichnet wurde.
Immergrün rankte er sich in die Höhe und war
fünfmal so groß wie ehemals. Stolz konnte ich
den Blick nicht von ihm lassen, welche Pracht,
welche Anmut, nun war er ewig!
Motiviert von der Erstlingsfrucht lauerte ich
den Menschen bei jeder Gelegenheit auf, die
sich in den Nebelschwaden verliefen und begann
mein Handeln von Neuem. Mein Garten gedieh.
Die kahle Ebene wurde ein Paradies und die
Enden der Baumwipfel krochen schlangenhaft
über- und ineinander und ergaben schließlich
einen dichten Forst, der seinesgleichen
suchte, sozusagen ein Heer an Ewigkeit!

Wie die Jahre verronnen, so schwollen ihre holzigen Denkmäler an, die ein einzelner Mensch weder umfassen, noch begreifen konnte. Dieses ins Gesicht geschriebene Alter durfte nicht endlich sein, aber welch ein Schreck überfiel mich, als ich eines Tages mein Werk näher betrachtete, prüfend wie ein Maler, der sein geschaffenes Gemälde beäugt und sich dennoch immer einen Pinselstrich weit entfernt von der Perfektion wähnt. Die Bäume krümmten sich allesamt der Steilküste entgegen und streckten die knöchrigen Holzarme zum rettenden Ufer zum Abgrund hin, leer der Hilfe, voll der Sehnsucht, doch so nah das Meer auch war, so weit lag es dennoch in der Ferne, denn es blieb stumm. Ein Fluch, der aus Segen geboren ist, beherbergt die qualvollsten Schmerzen, die erduldet werden müssen. Ich sah, dass die Menschen wieder Leidende waren und der Garten kein Garten, sondern einem Friedhof glich, mit den Bäumen als Gräbern, die in den Himmel ragten. Schaurig wogten die Riesen knurrend im Wind, als wollten sie die Last ihres Panzers sprengen. Manche fielen der Länge nach zu Boden, die Stämme waren inhaltlos und ausgehöhlt, nur die Luftwurzeln hielten sie fest verankert. Betrachtete ich die Lorbeerbäume aufmerksam, dann erkannte ich die Pein in ihrem ausgemergelten Laub, an den tiefen Fugen der Stämme und an den moosbewachsenen Ästen, die mit Farnen überwuchert wurden. Sie glichen in ihrer Gestalt einem traurigen König, der nie regieren wollte – erhaben, aber ohne Glanz.
Ich fühle mich als ihr Schänder, und bin doch nur Nebel, der lediglich glaubte, Hilfe zu spenden. Diese Schuld habe ich alleine zu tragen, bis in alle Ewigkeit.

Gedankenspiel

Woher stammen meine Gedanken?
Gepflanzt werden sie von anderen!

Dann sprich Herold: wer gibt sie ihnen?
Die, denen sie beflissen dienen!

Schweige still! Mein Wille ist doch frei?
Gleich dem Getreidekorn, drum gedeih!

Dann brauche ich wohl nicht bloß Regen?
Anders wär es freilich verwegen!

Kann ich aber den Lauf durchbrechen?
Ich empfehle nächtliches Zechen!

Wird mir dadurch etwa geholfen?
Das Denken drin wird wahrlich vergolden!

In dem Zustand kann ich frei denken?
Ja, ignorier die, die dich lenken!

Gefangen in der Freiheit

Tragödie in einem Aufzug

Personen:
Weißer Tiger
Nilpferd
Pinguin
Schakal
Zoodirektor

Handlungsort:
Georgien, Café Mziuri in der Nähe des Zoo
Tbilisi

Aufzug I Auftritt I

Nilpferd. Pinguin. Schakal.

Nilpferd: Die Menschen machen sich das Leben
selber sauer. Alles ist kompliziert, nichts
ist einfach. Dabei lässt sich das Leben
leicht ertragen, wenn man es nur leicht zu
nehmen weiß und nicht ununterbrochen darauf
bedacht ist, es in irgendeine Richtung ver-
biegen zu wollen. Steht ein Baum nicht pa-
rallel zum anderen, wird er gefällt, ist
eine Hecke zu hoch, wird sie gestutzt, hat
eine Blume die falsche Farbe, wird aus ihr
eine Neue gezüchtet und so weiter und so
fort. Die Natur ist aber unberechenbar, wie
wir erfahren mussten. Kaum lässt sie es vom
Himmel schütten, als ob sie die Meere über
unsere Häupter legte und schon geben Zäune
und Betonbauten nach. Ihr Ärgernis ist unsere Freiheit.
Pinguin: Die nächste Naturkatastrophe wird es
schwerer haben. Klage die Menschen darum

nicht an, streben sie doch stets nach der
eigenen Perfektion.
Nilpferd: Und erreichen sie doch nie.
Pinguin: Wie soll das auch funktionieren, wenn
der Unvollkommene nach dem Vollkommenen
sucht?
Schakal: Das, was dem Einzelnen dazu fehlt,
holen sie sich dafür von anderen. Ihr könnt
sagen, was ihr wollt, aber die Menschen
sind nicht dumm. Sie verstehen es vielleicht besser zu überleben, als irgendeine
andere Spezies und falls es auch nur ein
Wesen auf dem Erdenrund ihnen an Zähigkeit
gleichtut, dann ist dies die Kakerlake.
Nilpferd: Das würde ich auch nie abstreiten,
sie sind selbst ernannte Götter. Sie sind
alles, der Rest nichts. Dabei bekommen sie
an Tagen wie heute immer wieder einen Spiegel vorgehalten und müssen einsehen, dass
sie nichts sind, wenn es die Natur ernst
meint.
Schakal: Aber sind wir eigentlich besser?
Pinguin: Wie meinst du das?
Schakal: Wenn wir irgendwann die Rechnung
unseres Lebens beschließen sollen und unsere guten Taten positiv und die schlechten
negativ bewerten müssten, haben wir dann
ein Plus oder Minus?
Pinguin: Wer legt denn bitteschön fest, was
gut und was schlecht ist? Die eigentliche
Frage sollte viel mehr lauten, ob der Aus-
über die Folgen seiner Taten bemessen konnte oder nicht. Wenn meine Ahnen einem Fisch
nachjagten, dann machten sie das, weil sie
Hunger hatten und überleben mussten. Der
Mensch heute jedoch schwimmt im Überfluss.
Jede Lust, die er befriedigt, schürt seinen
Durst umso mehr.

Schakal: Ich würde es genauso machen. Faul im
    Schatten liegen und mich bedienen lassen.
    Was könnte es wohl erstrebenswerteres ge-
    ben? Mein einziges Problem, worüber ich mir
    den Kopf zermartre, wäre nur, wie ich die
    Knochen der Mahlzeiten zwischen meinen Zäh-
    nen entfernen kann.
Nilpferd: Und wenn du so fett bist, dass du
    nicht mehr auf die Jagd gehen kannst, was
    machst du dann?
Schakal: Dann mache ich es wie du und schwimme
    wie eine Boje auf der Wasseroberfläche und
    lasse das Maul solange geöffnet, bis etwas
    Brauchbares von alleine hinein schwimmt.
Nilpferd: Das sieht schwieriger aus, als es in
    Wirklichkeit ist.
Schakal: Wohlan, ich möchte niemanden vertei-
    digen und niemanden angreifen, wir sollten
    lediglich darauf bedacht sein, uns eine
    objektive Meinung von den Menschen beizube-
    halten. Immerhin konnten wir die letzten
    Jahre hier auch gut leben mit ihrer Hilfe.
Pinguin: Amen! Wobei man der Vollständigkeit
    halber gestehen muss, dass wir es im Zoo
    auch besser hätten haben können. Mein Fraß
    hat nicht selten gestunken, als er mir im
    Silbernapf vor den Schnabel gesetzt wurde.
Nilpferd: Und wir hatten keine freie Minute
    für uns, alles hatte seinen vorgeschriebe-
    nen Ablaufplan und in der Nacht wurde man
    wie ein x-beliebiger Gegenstand in einen
    Käfig gesperrt, der wie ein Sarg auf den
    Millimeter für die jeweiligen Körpermaße
    zurechtgeschnitten war.
Schakal: Hättest du abgenommen, hättest du
    auch Platz gefunden. Ich erinnere mich, wie
    wir ununterbrochen nervendes Kindergeschrei
    ertragen mussten, die mich gar falsch titu-

lierten. Einmal erlebte ich mit, wie ein
Elefant seine Notdurft verrichtete und eine
Kleine zu ihrer Mutter schrie: ‚Schau Mama,
der Elefant verliert Schildkröten‘.
Pinguin: Die Eltern sind nicht zu beneiden,
dabei aber auch selten wesentlich hilfrei-
cher, bezeichnen sie doch gerne eine Ente
als Gans und eine Gans als eine Ente.
Schakal: Ich mag beide.
Pinguin: Genug gezwitschert. Mir steht noch
eine lange Reise bevor und es wäre besser,
wenn ich sie gestern schon angetreten hätte.
Nilpferd: Gestern war das Unwetter maximal
eine dunkle Ahnung am Horizont. Das heutige
Abreisedatum muss dir daher also genügen.
Pinguin: Nun, das soll mir schließlich auch
recht sein. Hauptsache, ich erlebe endlich
ein Abenteuer! Wenn ich dann wieder unter
meinesgleichen bin, werde ich zweifelfrei
ohne große Umschweife zum Anführer gekürt,
denn immerhin kann ich die Menschen besser
einschätzen als jeder andere. Wenn wir Pin-
guine es dann noch schaffen, den Robben und
Haien auszuweichen, ist einem glücklichen
Leben wohl nichts mehr entgegengestellt.
Wisst ihr, wohin es zum Flusslauf des Kuras
geht?
Nilpferd: Wenn du es nicht so eilig hast,
können wir gemeinsam eine Teilstrecke des
Weges schwimmen, zumindest bis Tansania.
Ich werde dort das Nilpferd mit dem dicksten Arsch sein und der Pompöseste gilt bei
meinesgleichen automatisch als verehrungs-
würdigster.
Schakal: Bei uns sind es die schlanksten
Exemplare, denn nur so können wir uns in
die Erdhügel unserer Beute zwängen. Ich

wäre nicht abgeneigt, wenn ein hübsches
Weibchen sich des Weges finden ließe und
noch bevor ich in Indien bin, habe ich mein
eigenes Rudel.
Nilpferd: Achtung, ich höre Gebrüll, da kommt
wer.

Aufzug I Auftritt II

Die Vorherigen. Weißer Tiger.

Nilpferd: Ach, du bist es nur. Weißt du, dass
du uns allen einen wahnsinnigen Schrecken
eingejagt hast?
Weißer Tiger: Ich wollt euch warnen, denn wie
ich bemerkt habe, ist es schlecht um unsere
neue Freiheit bestellt! Wir müssen auf dem
kürzesten Weg verschwinden und schnell weg
von hier! Also Schluss mit eurem Kaffee-
kränzchen.
Pinguin: Mir schmeckt das bittere Gesöff
sowieso nicht. Das kann doch niemandem
schmecken, der bei Verstand ist!
Weißer Tiger: Ich habe eben einen Spaziergang
durch die Stadt unternommen und mir fiel
auf, dass sich kaum eine Menschenseele nach
dem Unwetter sehen ließ. Aus den Keller-
fenstern lief das Wasser kaskadenartig die
Anhöhen herunter und obwohl die Straßen
proppenvoll sein müssten, waren sie trotzdem leergefegt. Wenn überhaupt, öffnete
sich ein schmaler Türspalt, aus dem das
Weiß der Menschenaugen mich wie ein Stern
anstierte.
Nilpferd: Aber wozu dieser mahnende Ton in
deinen Reden? Es gibt keinen Grund zur Eile, glaube mir. Dass die Menschen ihre Häuser nach einer Katastrophe nicht sofort

64

wieder verlassen und den Alltag begehen,
ist nur allzu verständlich. Sie haben
Angst.
Weißer Tiger: Ja, es ist die Angst vor unser-
einer! Macht eure Augen auf, ich bin euer
Retter in höchster Not. Ich bin vorhin über
den Parkplatz eines Baumarktes gegangen,
weil ich wissen wollte, ob es dort Feilen
für meine Krallen gibt und plötzlich wurde
ich tatsächlich doch einen Menschen gewahr.
Mein Instinkt glaubte, dass er mich er-
schießen wollte, weswegen ich meinem Über-
lebenstrieb folgte und nicht viel Federle-
sens machte - ich sprang auf ihn.
Schakal: Und nun?
Weißer Tiger: Das genügte.
Pinguin: Ist er tot?
Weißer Tiger: Ich konnte nichts machen.
Pinguin: Ist er tot?
Weißer Tiger: Das Genick brach, wer weiß
schon, dass ihre Knochen leihwändiger sind
als der Schaumstoff von Puppen?
Schakal: Also hast du ihn getötet?
Weißer Tiger: Nein, er starb.
Pinguin: So genau werden es diejenigen nicht
nehmen, die die blutgetränkten Spuren deiner Klauen verfolgen. Da gibt es letztlich
keinen großen Unterschied. Fakt ist, er ist
tot und nur das interessiert.
Weißer Tiger: Hätte ich mich abschießen lassen
sollen? Nein, ich bin geheilt von solchen
Narrheiten. Schluss mit dem unendlichen
Hin-und-her-tigern, ich geh nie wieder zurück in den Zoo. Dort, wo die Gitterstäbe
ein beständiger Schleier der Wirklichkeit
sind. Ich will endlose Wälder spüren und
dorthin gehen, wo ich will. Ihr wisst es am
allerbesten, denn es ist egal, wie viele

Blumen vor einem Gefängnis blühen, ein Gefängnis bleibt es trotzdem! Seid also auf
der Hut, denn dass wollen die Menschen in
Wirklichkeit und ihnen wird jedes Mittel
recht sein, uns wieder in unsere angedach-
ten Zellen zu locken. Zur Not auch mit Gewalt.

Pinguin: Nein, da irrst du dich. Meine Eltern
wurden schon hier im Zoo geboren und seit
je unterhielten sie die Zuschauer mit dem
angeborenen Charme eines Frackträgers. Wer
würde es uns nicht gönnen, wenn wir unser
Glück außerhalb der Grenzen versuchen? Wir
haben es uns verdient. Die Zweibeiner nennen es Rente, denn dieses Wort fällt oft
bei den zerbrechlich Alten, bei uns heißen
wir es Freiheit.

Schakal: Die Menschen haben vor keinem Pinguin
der Welt Angst oder etwa doch?

Weißer Tiger: Jegliche Existenzen, mit denen
die Menschen nicht tagtäglich in Berührung
kommen, liegen außerhalb ihrer Komfortzone
und sind daher fremd für sie und stellen
automatisch eine Möglichkeit der Bedrohung
dar, deswegen sind die einzig Verständigen
eure Wärter gewesen, die eure stinkenden
Misthaufen wegputzten und euch mit einem
Wasserstrahl wuschen. Von ihnen ist leider
der Großteil ertrunken. Merkt euch, von
allen anderen Menschen habt ihr nichts Gutes zu erwarten, da auch ein Pinguin in
ihnen Furcht auslöst.

Nilpferd: Nun übertreibst du aber wirklich.
Ein Pinguin kann höchstens schnell schwimmen, ansonsten kann er weder fliegen, noch
rennen und schon gar nicht beißen.

Pinguin: Mehr als einen Vorzug könntest du
ebenso wenig für dich beanspruchen.

Weißer Tiger: Woher sollen sie es aber wissen?
    Oder glaubt ihr tatsächlich, dass sich auch
    nur eine Person in all den Jahren das A5
    Informationsblatt vor eurem Käfig durchge-
    lesen hat? Wenn es hochkommt, haben die
    Besucher lediglich das Foto mit der Wirk-
    lichkeit verglichen.
Pinguin: Wenn wir nicht tun und lassen können,
    was wir wollen, was sind wir dann? Besten-
    falls sind wir wohl dadurch in der Freiheit
    gefangen.
Weißer Tiger: Die, die uns letzten Sonntag
    noch anlächelten und uns zugewinkt haben,
    werden jetzo mit der Mistgabel hinter der
    Tür warten und den Augenblick herbeisehnen,
    da wir ihnen den Rücken zukehren.
Schakal: Ich halt das nicht mehr aus! All
    diese Lügen von Gefahr und Angst. Wer dar-
    über spricht, fühlt es auch und ich habe
    immer nur Liebe erfahren, daher kann ich
    mir das Selbstbewusstsein erlauben, nach-
    lässig zu sein, denn mein Vertrauen ist
    unerschütterlich. In dem Sinne auf Bald und
    Adieu.

Schakal ab. Kurz darauf ein Schuss.

Aufzug I Auftritt III

Übriggebliebenen.
Pinguin: Was war das?
Nilpferd: Das war ein ohrenbetäubender Knall,
    aber von wo wurde er abgefeuert?
Weißer Tiger: Das war das Geräusch einer
    Gewehrkugel, die ihren Lauf verlassen hat
    und ihr Ziel niederstreckte.
Pinguin: Welches Ziel?

67

Weißer Tiger: Die, die nicht gebeugt werden
  wollen, werden dazu gezwungen.
Pinguin: Aber der Schakal war doch quasi einer
  von ihnen. Niemand hat sich mehr als Mensch
  gefühlt wie er.
Weißer Tiger: Wer kann schon hinter das Fell
  schauen.
*Nilpferd schleicht behutsam zur Glastür und
schaut hinaus.*
Nilpferd: Tatsache. Da liegt er, obwohl er
  eben noch lebendig war. Der rote Staub
  schwirrt sogar noch fliegengleich durch die
  Lüfte, aber auch er wird sich in Bälde zu
  seinem Herrn gesellen.
Pinguin: Ist er tot?
Nilpferd: Er macht keinen Mucks mehr.
Pinguin: Ist er wirklich tot?
Nilpferd: Das einzige, was sich bewegt, sind
  seine Fellhärchen.
Pinguin: Also ist er nicht tot?
Weißer Tiger: Es ist nur der Wind, der sie
  bewegt. Jetzt werden sie den Kadaver auf
  den Müll werfen, wie einen faulen Apfel
  oder allgemein alles, was sie nicht mehr
  benötigen.
Nilpferd: Das war ein Versehen. Das kann immer
  vorkommen.
Weißer Tiger: Ich wollte es nicht sagen, aber
  vorhin habe ich einen toten Braunbären gesehen, der von einer Kranschaufel gemeinsam
  mit dem Schutt der Häuser zu einem Müllberg
  aufgestapelt wurde. Das sind wir nämlich
  für sie, Dreck, Müll! Solange man mit unseren Körpern noch etwas verbergen kann, sind
  wir wenigstens dafür gut, Flutlöcher zu
  stopfen.
Nilpferd: Was sollen wir nun tun?

Weißer Tiger: Folgt mir hinaus! Ich habe eine
schmale Gasse hin zum Ufer erspäht. Es wird
wohl noch eine Weile dauern, bis sich die
Menschen bis dahin vorgearbeitet haben. Ihr
könnt von dort aus in Sicherheit im Wasser
schwimmen, während ich im Gleichschritt zu
Land euch begleite.

Pinguin: Jetzt habe ich auch Angst. Ich werde
also menschlicher, wenn ich vorhin richtig
aufgepasst habe.

Weißer Tiger: Das braucht ihr nicht. Folgt
einfach dem, der euch helfen will.

Nilpferd: So unglaublich viel Angst.

Pinguin: Ich könnte keinen Meter schwimmen, so
aufgeregt wie ich bin. Wieso sagte mir niemand, dass die Freiheit nicht erstrebenswert ist?

Nilpferd: An und für sich war das Leben im Zoo
gar nicht so verkehrt. Wir wussten immerhin
tagtäglich, wann uns unsere Mahlzeiten ser-
viert wurden.

Pinguin: Und die gab es sogar in einer noblen
Schüssel, die silbern glänzte. Dafür mussten wir uns auch gar nicht krumm machen.

Nilpferd: Überleg dir einmal, wie viele
Kilometer du am Tag schwimmen müsstest, um
nur ein Drittel von dem zu ergattern, was
du hier ohne jegliches Zutun bekommst.

Pinguin: Der Ozean ist entschieden zu groß.
Wer hat sich das nur alles ausgedacht?

Nilpferd: Auch für sonstige Vergnügungen war
gesorgt. Wenn der Zoo dachte, dass es gut
für mich wäre, mich zu vermehren, dann haben sie mir anstandslos einen Partner auf
Zeit gegeben, auch wenn wir zusammen un-
merklich größer als das Wasserbecken selbst
waren.

Pinguin: Wofür auch bewegen, wenn man alles in
    den Rachen geschoben bekommt?
Nilpferd: Sehr gemütlich.
Weißer Tiger: Mir tränen die Ohren bei solch
    dummen Geschwätz. Wie könnt ihr nur in Er-
    wägung ziehen, dass die Gefangenschaft bes-
    ser sei als die Freiheit?
Nilpferd: Wer nur die Gefangenschaft kennt,
    fürchtet sich natürlicherweise vor der
    Freiheit und probiert, sie zu vermeiden,
    wenn sie einem so verdeutlicht wird, wie
    dem Schakal.
Pinguin: Aus und vorbei! Ich gehe nun zurück
    in mein Gehege, in mein Zuhause. Dort warte
    ich auf die anderen und alles wird wie frü-
    her. Es waren nur Grillen in meinem Kopf,
    ein kurzer Moment der Schwäche, der mich
    von der Ahnenheimat hat träumen lassen,
    aber ich mach mir nichts mehr vor, denn ich
    bin kein echter Pinguin, sondern nur ein
    Wesen, was diesem optisch sehr stark äh-
    nelt, innerlich bin ich ein Mensch.

Pinguin ab. Kurz darauf ein Schuss.

<u>Aufzug I Auftritt IV</u>

Übriggebliebenen.

Nilpferd: Auch tot!
Weißer Tiger: Über den Wasserweg wäre er
    sowieso nur ins Kaspische Meer gelangt.
Nilpferd: Der eine stirbt, weil er mit ihnen
    leben möchte, der andere wird erschossen,
    weil er gern ihr Sklave war. Was bleibt da
    schon noch übrig?

Weißer Tiger: Wenn ein Kampf sinnlos ist, dann
    bleibt nur die Flucht vor jenen Wesen, die
    so wechselhaft sind wie das Wetter!
Nilpferd: Ich weiß nicht. Meine übermäßige
    Körperfülle hat mir nicht der Sandmann im
    Schlaf gebracht. Das war viel Arbeit und
    wenn ich nun von Georgien nach Tansania
    hasten muss, werde ich wohl das ein oder
    andere Pfund verlieren.
Weißer Tiger: Das ist unvermeidlich.
Nilpferd: Am Ende erkennen mich selbst meine
    Artgenossen nicht mehr. Dann ergeht es mir
    nicht anders, wie wenn ich hierbliebe.
Weißer Tiger: Die Faulheit sticht im Zweifel
    die edelste Tugend aus.
Nilpferd: Nein, ich bin nur realistisch.
Weißer Tiger: Realisten sind am gefährlichs-
    ten, weil sie glauben, über den Optimismus
    sowie den Pessimismus aus Erfahrung heraus
    erhaben zu sein.
Nilpferd: Meine dicke Haut kommt übrigens
    nicht von ungefähr.
Weißer Tiger: Nichts liegt mir ferner, als
    jene zu belehren, die nicht belehrt werden
    wollen, aber wenn dir dein Leben lieb ist,
    dann flüchte vor den Menschen und gehe un-
    ter deinesgleichen. Zur Not adoptieren dich
    vielleicht die Wasserschweine. Der Unter-
    schied wird meist gar nicht erkannt.
Nilpferd: Nein, mich führt kein Weg zurück
    nach Afrika! Wenn man von Heimat spricht,
    dann geht dem Wort ein süßer Hauch der Ver-
    gangenheit einher. Ein Gefühl der Geborgen-
    heit, einen Ort zu kennen, an den man immer
    wieder zurückkehren kann. In Wirklichkeit
    handelt es sich dabei aber um Luftschlös-
    ser, ebenso groß und unreal wie Zukunfts-
    träume. Heimat ist ein Gebilde, ist eine

Absonderung von Gefühlen und ein Gefühl
kann nicht aufgesucht werden. Es gibt nie
ein Rezept, welches zur Glückseligkeit ver-
hilft, schon gar nicht, wenn es um Heimat
geht.
Weißer Tiger: Ach, Nilpferde sind ebenso
schwerfällig wie sie aussehen.
Nilpferd: Das heißt, es gibt keine Alternative, als vor die Türe zu treten und eine
Salve Blei zu erwarten?
Weißer Tiger: Es gäbe da auch noch eine andere
Lösung.
Nilpferd: Da bin ich beruhigt. Ich bin nämlich
zu jung zum Sterben. Was bleibt mir zu tun?
Weißer Tiger: Das einzige, um nicht in der
Flut der schlechten Sitten umzukommen, ist
die Anpassung, denn wenn alle gleich sind,
sticht auch niemand aus der Masse hervor.
Das ist deine Chance, ein neues Leben zu
beginnen.
Nilpferd: Aber wie kann ich das anstellen, ich
sehe nun einmal aus, wie ich aussehe und
bin, was ich bin - ein Nilpferd.
Weißer Tiger: Darum würde ich mir am wenigsten
Gedanken machen, denn je mehr Zeit vergeht,
desto mehr Menschen gibt es, die mit wesentlich mehr Fleisch bestückt sind als du.
Das schwerwiegendste, was dich jedoch als
Tier vom Menschen unterscheidet, ist der
Hang zum Materiellen. Wir jagen, wenn wir
Hunger haben, wir trinken, wenn wir Durst
haben. Der Mensch hingegen macht es genau
andersherum.
Nilpferd: Davon träumte der Schakal auch.
Weißer Tiger: Und das macht die Menschen zu
den intelligentesten Lebewesen auf der ganzen weiten Welt, denn sie haben die Vorsorge erfunden.

Nilpferd: Und was kann ich mir darunter
    vorstellen?
Weißer Tiger: Vorsorge ist dazu dienlich, dass
    das Individuum nicht vor Sorge und Eventua-
    litäten, die nie eintreffen müssen, um-
    kommt. Man lebt dadurch in einer Blase,
    einem Utopia, kurz: einem Paradies. Was
    glaubst du, wo du wärst, wenn deine Umge-
    bung wie von Zauberhand immer sauber wäre?
Nilpferd: Im Zoo!
Weißer Tiger: Und wo wärst du, wenn du tonnen-
    weise Futter bekämst, ohne einen Zeh dafür
    zu krümmen?
Nilpferd: Im Zoo!
Weißer Tiger: Und wo wärst du, wenn keine
    Gefahr bestünde, dass dieses Schlaraffen-
    land nicht im Geringsten bedroht wird?
Nilpferd: Im Zoo! Das heißt, der Mensch
    schafft sich seinen eigenen Zoo, in welchem
    er haust, aber wie macht er das?
Weißer Tiger: Ganz einfach, der Mensch hat
    sich auch die Technik erfunden. Er lässt
    Maschinen die täglich notwendige Arbeit
    verrichten, sodass er mehr Zeit für Unrat
    zur Verfügung hat.
Nilpferd: Aber wofür braucht man Zeit, wenn
    man alles gemacht bekommt?
Weißer Tiger: Da schließt sich der Kreis und
    wir sind wieder beim Thema des Materialis-
    mus' oder auch beim Überfluss des Unnützen
    angelangt, denn wer Zeit hat, versucht, das
    zu bekommen, was man nicht benötigt, von
    etwas, was man nicht besitzt, um andere zu
    beeindrucken, die man weder kennt, noch
    mag.
Nilpferd: Und wie bewerkstellige ich es nun,
    mich an diese überlegenen Wesen anzupassen,
    ohne dass sie es mitbekommen?

Weißer Tiger: Du musst dich unauffällig
    verwandeln. Momentan bist du ein Mensch,
    der wie ein Tier aussieht, du musst jedoch
    aussehen wie ein Mensch und innerlich ein
    Tier sein.
Nilpferd: Dann trachte ich ab sofort danach
    und das Überflüssigste, was ich mir beilei-
    be vorstellen kann, ist eine Uhr. Ich kann
    sie zwar nicht lesen, aber da jeder eine
    hat, muss es ein nützliches Utensil sein,
    um in der Masse unterzugehen.
Weißer Tiger: So ist es richtig! In der
    Fußgängerzone soll es einen hervorragenden
    Swatch Laden geben, der auch in deiner Grö-
    ße das passende Armband vorrätig haben
    wird. Ich habe nur leider keine Ahnung, ob
    er momentan nach dem Unwetter schon wieder
    geöffnet hat.
Nilpferd: Ich bin schon unterwegs. Wie spät
    ist es?
Weißer Tiger: Wenn die Uhr hier im Café
    funktioniert, dann fünf vor zwölf.
Nilpferd: Das kann nicht sein, die Zeiger
    haben sich seitdem wir hier sind nicht be-
    wegt.
Weißer Tiger: Auch eine kaputte Uhr zeigt
    zweimal am Tag die korrekte Zeit.

Nilpferd ab. Kurz darauf ein Schuss.

<u>Aufzug I Auftritt V</u>

*Übriggebliebener. Auftritt Zoodirektor, dessen
Blaser Gewehr lässig rücklings über die
Schulter gelegt ist und aus dem Lauf qualmt*

Zoodirektor: Dachte ich es mir doch. Einer war
    noch übrig!

Weißer Tiger: Ich war lange genug Diener - ich
    will ein Leben und sei es auch der Tod,
    also schieß, wenn du dich traust.
Zoodirektor: Dass ich mich traue, daran
    solltest du keinen Zweifel hegen, aber
    wieso sollte ich jetzt wie ein Wahnsinniger
    auf dich schießen? Töten kann ich dich spä-
    ter immer noch, also lass uns verhandeln,
    denn ich bin Kaufmann und um ein gewinn-
    bringendes Geschäft nie verlegen!
Weißer Tiger: Dann habe ich ja nichts zu
    befürchten.
Zoodirektor: Es ist eine Katastrophe. Man weiß
    immer erst, was man hatte, wenn man es
    nicht mehr hat. Gestern war ich noch Zoodi-
    rektor, heute Wilderer. Ich habe durch die
    Überschwemmung der Flut auf einen Schlag
    über dreihundert Tierarten verloren. Bären,
    die in den ersten Etagen von Mehrfamilien-
    häusern ein neues Heim suchen; Krokodile,
    die auf Parkplätzen zwischen Autos logie-
    ren; Wölfe, die die Elfgeschosser mit Tan-
    nen verwechseln und alle mussten sterben,
    aber das soll nun anders werden, denn du,
    weißer Tiger, warst schon immer das Aushän-
    geschild des Zoos und du sollst es wieder
    werden, als Mahnfigur der Vergangenheit und
    Hoffnungsträger der Zukunft. Um dich baue
    ich den neuen Zoo prächtiger auf, als er
    jemals zuvor war.
Weißer Tiger: In diesem Fall werde ich nicht
    müde, meinem Nein Nachdruck zu verleihen,
    denn nichts kann mir die Freiheit verlei-
    den. Darüber hinaus, wie wollen Sie Ihre
    Überlegungen bewerkstelligen? Tbilisi ist
    bankrott. Niemand wird Ihnen einen Kredit
    für einen Zoo gewähren.

Zoodirektor: Darüber brauchst du dir deinen
    wunderschön gestreiften Kopf nicht zu zer-
    brechen. Ich werde es wie damals machen,
    als ich das eingeschmolzene Metall der
    Kirchenglocken verkauft habe. Der Vatikan
    war in der Zwischenzeit nämlich äußerst
    spendabel zu den hiesigen Kirchen.
Weißer Tiger: Und wenn schon. Ich bleibe
    dabei.
Zoodirektor: Was versprichst du dir davon? Die
    Gunst der Stunde ist bereits im Sande ver-
    laufen, die Leute wollen wieder zur Norma-
    lität zurückkehren und dazu passt es nicht,
    wenn ein blutdurstiger Tiger frei herum-
    läuft.
Weißer Tiger: Es war eine Affekthandlung. Ich
    wollte niemanden töten.
Zoodirektor: Ein Foto deines Opfers wird
    morgen in der Tageszeitung auf dem Titel-
    blatt zu sehen sein. Durch das Unwetter
    sind bisher zwölf Menschen ertrunken. Vier-
    undzwanzig weitere werden vermisst. Wer
    könnte es also den Gemütern verübeln, wenn
    sie glauben, dass nicht alle durch die Was-
    sermassen umgekommen sind?
Weißer Tiger: Das ist Erpressung! Sie wollen
    mich jagen lassen, wenn ich nicht zurück-
    kehre?
Zoodirektor: Es soll lediglich ein Anreiz
    sein. Spürst du keinerlei Reue gegen den
    Familienvater, den du getötet hast?
Weißer Tiger: Hätte ich es gewusst, hätte ich
    anders gehandelt.
Zoodirektor: Das ist ein schlechtes Alibi. So
    einen kaltblütigen Mord zu rechtfertigen.
    Damit kommst du vor keinem Geschworenenge-
    richt der Welt durch. Als Mensch würdest du
    lebenslänglich bekommen und ich biete dir

hiermit eine Alternative an, in ein komplett neues und restauriertes Gehege zu
gehen mit acht Quadratmeter mehr Grundflä-
che und einer Verdopplung der Hühner und
einer Verdreifachung der Rindereingeweide.
Weißer Tiger: Die menschlichen Zerwürfnisse
habe ich im Kleinen gekostet, welchen Ekel
sollten da noch die großen anrichten? Ich
mache mir nichts vor, auch von mir ist nur
ein Schoßkätzchen übriggeblieben.
Zoodirektor: Das wird der Tote nicht behaupten
können. Ich möchte mein Angebot, obwohl
keinerlei Anlass dafür besteht, nun sogar
noch zusätzlich erhöhen und zwar um eine
überdimensionale Statue, die dich alleine
abbildet und direkt auf dem Heldenplatz
erbaut werden wird. Alle Autofahrer werden
dein edles Elfenbeinantlitz bestaunen und
werden voller Bewunderung nur vor deinem
Käfig stehen, als das einzige Tier von Tbilisi, welches die Regenfälle und die her-
einbrechende Sintflut überlebt hat.
Weißer Tiger *(schweigt)*
Zoodirektor: Du zierst dich immer noch? Mehr
kann ich dir nicht bieten. Ich gebe dir
dennoch Bedenkzeit und warte draußen auf
deine Antwort.

*Zoodirektor geht zur Tür hinaus, ab diesem
Zeitpunkt ist lediglich seine Stimme vernehm-
bar*

Zoodirektor: 10
Weißer Tiger: *(für sich)* Nein?
Zoodirektor: 9
Weißer Tiger: *(für sich)* Ja?
Zoodirektor: 8
Weißer Tiger: *(für sich)* Nein?

Zoodirektor: 7
Weißer Tiger: *(für sich)* Ja?
Zoodirektor: 6
Weißer Tiger: *(für sich)* Nein?
Zoodirektor: 5
Weißer Tiger: *(für sich)* Ja?
Zoodirektor: 4
Weißer Tiger: *(für sich)* Nein?
Zoodirektor: 3
Weißer Tiger: *(für sich)* Ja?
Zoodirektor: 2
Weißer Tiger: *(für sich)* Nein?
Zoodirektor: 1
Weißer Tiger: *(für sich)* Ja!

Weißer Tiger ab. Kurz darauf ein Schuss. Eine weiße Pappstatue wird hereingetragen, die den Zoodirektor abbildet mit der Aufschrift „Zu Ehren des tapferen Beschützers von Tbilisi"

Gleichheit durch Unterschied

Es sprach der süße Haferbrei
Zum Menschlein ganz gescheit:
Es hat nichts zu tun mit Zauberei
Wenn ihr, wie ich, aufgereiht
Flocke an Flocke oder Glied an Glied
Euch schmiegt und schreit: Bereit!
Allerorts ertönt das gleiche Lied.
Egal wer uns auch hören möge
Keiner merkt den Unterschied

Aber wie liebe ich euer wulstiges Haar
Die gefönt, toupiert, gewichste Pracht
Selbst ein Kahlschnitt ist wunderbar
Funkelt wie ein Silbermond in der Nacht
(Am Tage dann ein possierlich Straußenei)
Leider sind sie leicht, drum der Verdacht
Dass die kleinste Windböe fliegt vorbei
Und hintendrein der Schopf!
Alles in allem – langweiliger Einheitsbrei

Aber wie liebe ich eure tiefen Augen
Die blauen, braunen und grünen Seen
Die fast ausschließlich zur Eitelkeit taugen
In denen Galane reihenweise untergehn
Ein lebendig Buch der Fantasiererei
So ist's ein Fenster für verständige Feen
Ach wie groß ist das Geschrei
Wenn's stattdessen nur bloße Malerei war!
Alles in allem – langweiliger Einheitsbrei

Aber wie liebe ich eure Hände drum
Was ihr für imposante Werke erbaut
Nicht ungern tut ihr's andersherum
Leise ist nicht die Devise, sondern laut
Am liebsten ist euch jedoch die Giererei
Alles was nicht euch gehört wird geklaut

Selbst zwei Fäuste reichen nicht zur Balgerei
Wie der Atlantik nicht zum Trinken reicht!
Alles in allem - langweiliger Einheitsbrei

Aber wie liebe ich eure Kleider
Eng, weit und passt doch selten
Schuld daran ist der arme Schneider
Erschafft stolzierende Ungeheuergestalten!
Was heut als Mode gilt ist einwandfrei
Taugt morgen für Gardinen in Heilanstalten
So schmückt jeden sein Stil, der wertfrei

Vor Jahren bereits hat andre Leiber verziert
Alles in allem - langweiliger Einheitsbrei

Aber wie liebe ich eure Weisheit
Einziges Gut mit dem ihr sparsam seid
Allzu verpflichtende Gewohnheit
Denn seit einer gefühlten Ewigkeit
Lest ihr Philosophen in der Bücherei
Die lehren zu vermeiden all das Leid
Vergebens - wahrer Fortschritt der Barbarei!
Im Alten gründet sich die neue Welt
Alles in allem - langweiliger Einheitsbrei

Es gibt nichts was euch fehlt
Außer jenes was euch fehlt
Ihr liebt die blumige Liebe
Folgt aber lieber dem Triebe
Ihr tadelt brüsk jede Gewalt
Aber erst, wenn der letzte Schuss verhallt
Richtig werdet ihr jetzt sagen
Wie kann der feiste Brei es wagen
Und poltert einfach so die Wahrheit aus
Ihr seid euch eins - macht ihm den Garaus!
Meine Oberflächlichkeit ist schnell erraten
Ich bin der Feind aller Übeltaten
Warum beendet ihr also nicht diese Quälerei?
Ihr seid eben wie ich, der selbe Einheitsbrei

Bitte verachtet mich nicht
Sprach der nun saure Haferbrei
Es war doch keine böse Absicht
Ich bin wie ihr, eine bloße Alberei
Vor uns liegt erschlossen der Sinn
Wir alle sind einzeln eine Leckerei
Jedes Korn klein und fein ein Gewinn
Doch versink ich in der Masse Flut
Ich nur der bekannte Einheitsbrei bin

Hamburg, meine Perle
Lustspiel in einem Aufzug

Personen:
Vater
Mutter
Sohn
Aussteiger
Kapitän
Kiezkönig

Handlungsort:
Hamburg

Bühne:
Während der gesamten Vorführung
projiziert ein Beamer Fotografien der
genannten Örtlichkeiten auf den
Theaterhintergrund. Ansonsten sind keine
weiteren Requisiten vorgesehen.

Aufzug I Auftritt I

Auftritt Vater, Mutter, Sohn.

Vater: Früher war es Standard, dass die Ärzte
ihren Patienten Kuren in die Alpen oder an
den Gardasee verschrieben haben und das mit
dem wundersamen Endzweck einer Luftveränderung. Das hat sich mittlerweile aber leider
geändert. Sobald du heutzutage in der
Sprechstunde deinen Mund öffnest und B
statt A sagst, bekommst du ein Himmel-
fahrtskommando an Chemikalien zu jeder
Mahlzeit von den Giftmischern verabreicht.
(schwelgt in Erinnerungen) Luftveränderung,

ja wie war das traumhaft. *(zur Mutter)*
Kannst du dich erinnern? Damals, wir waren
noch jung und unsere Herzen schlugen im
Gleichklang mit dem der Einheimischen in
den Gassen der Stadt. Es war ein anderes,
ein einfacheres und dadurch schöneres Leben. Luft ist das beste Heilmittel sag ich,
und noch dazu ist es das billigste von allen.

Sohn: Was soll das nutzen? Die Atmung funktioniert an jedem Ort gleich.

Vater: Freilich funktioniert sie überall
gleich, aber die feinen Unterschiede machen
es eben aus. Es grenzt an Eskapismus, nicht
den üblichen Weg einzuschlagen, den man
jeden Morgen begeht, sondern in eine komplett andere Himmelsrichtung abzudriften.
Völlig gleich, was diese bringt oder was du
findest, alleine der Entdeckerdrang löst
abenteuerliche Gefühle aus und das Adrena-
lin steigt in ungeahnte Höhen. In dieser
Beziehung kann es niemals wo, sondern immer
nur wann heißen. Aber wem erzähle ich das
eigentlich? Du bist eben noch grün hinter
den Ohren und kannst dir beileibe kein Bild
machen, wie der stressige Alltag eines Erwachsenen aussieht.

Sohn: Ist der denn anders als in der Schule?

Vater: Du musst früh aus dem Bett, um später
wieder dorthin zurückzukehren. In diesen
Punkten ähneln sich unsere Abläufe, doch
alles, was dazwischenliegt, ist anders.

Sohn: Warum?

Vater: Glaub mir, es ist, wie ich es sage.

Sohn: Aber warum?

Vater: Weil du nur die Schulseite beurteilen
kannst. Ich kenne beide Seiten zur Genüge.

Sohn: Muttchen sitzt die ganze Zeit Zuhause
    und liest die Illustrierten. Hat sie dann
    auch ein stressigeres Leben als ich?
Mutter: Ich mache viel, du siehst nur nichts
    davon.
Sohn: Wieso soll ich davon nichts sehen? Ich
    kann wohl beurteilen, ob du auf der Couch
    liegst, wenn ich zuhause bin und stunden-
    lang in den Illustrierten blätterst ohne
    ein bestimmtes Ziel oder ob du tatsächlich
    arbeitest.
Mutter: Das heißt nur, dass ich besonders gut
    bin in dem, was ich mache. Du schaust jeden
    Tag zum Zähneputzen in den Spiegelschrank,
    nimmst die Milchflasche aus dem Kühlschrank
    oder machst die Schublade auf, um dir Wä-
    sche für den neuen Tag anzulegen. Hast du
    jemals etwas vermisst?
Sohn: Nein.
Mutter: Eben, und das ist der Trick. Wenn ich
    nichts machen würde, könntest du dein Spie-
    gelbild nicht mehr sehen, es wäre keine
    Milch mehr im Kühlschrank und deine Wäsche
    müsstest du solange tragen, bis sie dir vom
    Körper blättert.
Sohn: Ich kann trotzdem nicht nachvollziehen,
    was das jetzt alles mit Luftveränderung zu
    tun haben soll. In meiner Klasse gibt es
    allerdings einige Schüler, die fliegen mit
    ihren Eltern in den Ferien immer in die
    Länder, die ich sonst nur aus der Her-
    kunftsbeschriftung aus der Obstabteilung im
    Supermarkt kenne. Aber bis auf verbrannte
    Haut haben sie nie etwas von besonderer
    Luft erwähnt.
Vater: Das sind alles nur Prahler, die sollten
    kein Maßstab für uns sein. Die sammeln die
    Stempel in ihrem Reisepass wie Abziehbil-

der. Luftveränderung hingegen gibt es überall und dazu ist auch kein Flugzeug vonnöten.

Sohn: Aber müsste die beste Luft nicht die sein, die am weitesten von uns entfernt ist?

Vater: Kinder und ihre nervige Fragerei und da mag noch einer behaupten, es gäbe keine dummen Fragen.

Mutter: Aber die gibt es auch nicht. Du solltest dich lieber freuen, dass er sich so interessiert.

Vater: Zu viele Fragen sorgen dafür, dass man zu faul wird zum Denken, das sollte der Junge verinnerlichen. Die Welt ist wie ein aufgeschlagenes Buch, man kann alles aus ihr lesen, man muss lediglich wissen, wo es geschrieben steht und danach suchen.

Sohn: Aber hier ist immer alles dasselbe. Ich kenne jeden Baum in- und auswendig, ich kann jede Kerbe benennen, die neu in seinem Stamm geschlagen wurde. Die Grashalme am Feldwegrand kennen sogar meinen Namen und säuseln ihn, weil ich jeden Tag zur exakt gleichen Uhrzeit an ihnen vorüberschreite.

Vater: Herrgott Sakrament! Wir brauchen alle drei Urlaub, egal ob von der Schule, der Hausarbeit oder dem täglichen Malochen. Packt die Koffer, denn wir fahren in den Urlaub auf der Suche nach dem Ursprung und Luft, die uns vom Alltag heilt.

<u>Aufzug I Auftritt II</u>

Lombardsbrücke. Blick auf die Binnenalster in Richtung Alsterfontäne und Rathaus.

Sohn: Hamburg?

Vater: Ja, wieso denn nicht? Hamburg ist die schönste Stadt von Deutschland, da kann ein Besuch doch nicht schädlich sein.

Mutter: Aber Hamburg? Meine Freundinnen sind hier fast jedes Wochenende. Immerhin ist es auch nur eine Stunde mit dem Metronom von Bienenbüttel entfernt.

Vater: Die werden eben alle zu sehr verhätschelt. Bodenständige Bürger können sich gerade nur jedes zweite Wochenende die Hand im Mund leisten, alles andere sind Snobs. So folgt auf den linken Schritt immer nur der rechte. Wir wohnen quasi fast direkt vor den Toren dieser Stadt und haben sie dennoch nie besucht.

Mutter: Was gibt es hier denn zu unternehmen?

Vater: Alles, was du magst. Ich habe mir in weiser Voraussicht einen Reiseführer ausgeliehen und der besagt, *(Autolärm)* dass wir uns hier gerade an einem der schönsten Panoramen der Stadt befinden.

Mutter: Wie bitte? Den letzten Teil deines Satzes konnte ich nicht verstehen. Die Hauptstraße ist zu dicht befahren.

Vater: Ist das ein Postkartenmotiv? Das ist es! Ich bin schier endlos beeindruckt. Das ist urbane Schönheit in ihrer reinsten Form.

Sohn: *(hustet)*

Vater: Bitte?

Sohn: Ach nichts, der beißende Kohlenmonoxidgestank der Autos ist mir in die Nase gestiegen.

Vater: So ist das eben in Hamburg, wir sind hier schließlich in einer Großstadt und nicht auf dem Dorf. *(schaut wieder Richtung Rathaus)* Hier könnte man Stunden zubringen. Dort hinten steht der Michel! Passt auf, gleich fährt die Eilbek, eine Alsterfähre, unter uns hindurch. Wahnsinn!

Mutter: Das sah aber ziemlich unbequem aus. Wie Heringe in einer Büchse. Manche mussten sich sogar festhalten, um nicht über Bord gedrückt zu werden.

Sohn: Gut, dass alle Boote für die kommenden Monate bereits ausgebucht waren. Sonst wären wir genauso blau angelaufen, wie das kleine Mädchen vorne links. Warum müssen wir eigentlich die ganze Zeit hier stehen?

Mutter: Sämtliche Bänke am Ufer waren schon belegt. Vielleicht stehen wir morgen ein wenig früher auf, so gegen 3 oder 4 Uhr. Dann haben wir womöglich Ruhe.

Auftritt Aussteiger

Aussteiger: Genießen Sie die Aussicht?

Vater: Das kann man wohl sagen. Meine ganze Familie ist wie gebannt von dem Bild, dass wir uns gar nicht wegbewegen wollen.

Mutter: Und weil alle Plätze belegt sind.

Aussteiger: Das kenn ich, da sagen Sie mir nichts Neues, Madame. Nirgendwo hat man hier Platz. Selbst die Wohncontainer erbrechen sich schon vor Übermästung.

Vater: Ich nehme an, Sie sind somit ein waschechter Hamburger?

Aussteiger: Kann man so sagen, ich bin zwar in Pinneberg geboren, aber seit meinem fünften Lebensjahr lebe ich in Hamburg und Umgebung.

Vater: So eine Metropole mit ihrer Umgebung
    bedeutet manch einem ja die Welt. Demnach
    sind Sie also ganz schön rumgekommen.
Aussteiger: Kann man so sagen, Hamburg ist
    meine Heimat. Ich kann mir nichts Besseres
    vorstellen. Jeden Tag meines Lebens habe
    ich mindestens einmal die Elbe gesehen und
    genausooft an die nahe Ostsee gedacht.
Sohn: Meinen Sie die Nordsee?
Aussteiger: See ist See und war schon immer
    ein Meer. Das merke dir.
Vater: Ach, was ist das aufregend, da hätte
    ich mir die Leihgebühr für den Baedeker
    wahrlich sparen können. Was können Sie uns
    empfehlen?
Aussteiger: Immer der Nase nach, die irrt sich
    nie.
Mutter: Ich hoffe doch sehr. Hier stinkt es
    nämlich wirklich unangenehm.
Aussteiger: Das ist die Alster, denn wenn Sie
    genau hinsehen, ist nämlich nicht das Was-
    ser grün, sondern die Flaschen, die darin
    schwimmen und das Licht reflektieren.
Mutter: Jetzt, wo Sie es sagen.
Vater: So ist es eben in Hamburg, diesen
    ganzen grünen Wahn konnte ich noch nie
    nachvollziehen.
Aussteiger: Hamburg war 2011 Umwelthauptstadt.
    Man muss eben nur in die richtigen Ecken
    gucken, um zu finden, was man sucht.
Sohn: Papa, schau dir mal die andere Seite an!
Vater: Ruhig Blut mein Sohn, ich sehe es ja.
    „Die Außenalster mit ihren majestätischen
    weißen Segelschiffen ist im Sommer alleine
    einen Ausflug wert“, steht hier geschrie-
    ben.
Sohn: Nein, das mein ich nicht. Was ist das
    unter der Brücke?

Aussteiger: Das ist mein Zuhause.

Vater: Sie leben unter der Brücke?

Aussteiger: Nicht unter irgendeiner Brücke, sondern unter der Kennedybrücke – erste Wahl.

Mutter: Das sind also alles Ihre Zelte?

Aussteiger: Nein, wo denken Sie hin, ich bin doch kein Millionär. Sehen Sie das dunkelgrüne mit dem Flecktarnmuster? *(Mutter nickt)* Das ist mein Haus. Ich habe es erst vor kurzem gefunden und nachdem ich den restlichen Schimmel vom Gestänge in der Alster sauber gewaschen habe, kann ich darin jetzt gut leben.

Mutter: Das ist ja grauenvoll.

Aussteiger: Jetzt ja nun nicht mehr. Und sehen Sie das hellblaue Zelt? *(Mutter nickt)* Das ist meine Toilette, also ich meine, unsere Toilette.

Mutter: Und wie machen Sie die sauber?

Aussteiger: Wir haben einen Eimer, der bis auf den Henkel noch vollkommen intakt ist und mit dem spülen wir das Grobe einmal im Monat heraus.

Mutter: Und wohin?

Aussteiger: In die Alster natürlich.

Sohn: Papa, schau! Dort hinten schwimmen Kinder.

Vater: Aber wenn ich richtig gelesen habe, sind die Hamburger doch stolz auf ihre Alster, auf ihren See mitten in der Stadt, warum gehen Sie dann so liederlich damit um?

Aussteiger: Waren Sie schon einmal in Paris?

Vater: Nein.

Aussteiger: Ich auch nicht, aber dort soll es noch viel schlimmer sein.

Vater: Und woher wissen Sie das?

Aussteiger: Ganz einfach, solange die Fla-
    schenhälse nicht die Wasseroberfläche
    durchbrechen, die Kähne nicht auf Grund
    laufen und ein Stückchen Grün der Uferbe-
    grünung durch den Müll schimmert, geht es
    immer noch schlimmer. Wir können eben nur
    solange die Augen verschließen, bis es uns
    piekt. Bis dahin wird sich nichts ändern.
    Zeit zum Beklagen hat man dann ja genug.
Vater: So ist das eben in Hamburg. Sie sind
    mir aber immer noch einen Tipp schuldig.
Aussteiger: Ein Besuch in Hamburg ohne Hafen
    ist wie ein Reeperbahnbesuch ohne Gummi,
    einfach nicht empfehlenswert.

Alle ab

Aufzug I Auftritt III

*Landungsbrücken. Im Hintergrund die Schiffe
Rickmer Rickmers, sowie das Cap San Diego.
Durch die starke Sonneneinstrahlung lassen
sich nur schemenhaft die Umrisse der
Elbphilharmonie erahnen.*

Auftritt Vater, Mutter, Sohn

Mutter: Was für eine Flut an Menschen, die
    sich durch den Untergrund zwängt. Man fragt
    sich, wo die alle wohnen. Bei uns fahren
    täglich zwei Busse und in den Schulferien
    gar keiner.
Vater: Das kann man nicht miteinander verglei-
    chen. Eine Stadt entsteht schließlich auch
    nicht von heute auf morgen. Das sind alles
    Strukturen, die gemeinsam wachsen.
Sohn: Und warum wächst Bienenbüttel nicht?

90

Vater: Weil eine Stadt, hat sich ein Dorf erst einmal zu solch einer entwickelt, mit einem Raubtier vergleichbar ist. Sie wirbt mit einem besseren Leben und einer Perspektive, die das Dorf nicht bieten kann. Selten können junge Menschen dem Lockruf widerstehen und gehen daher freiwillig in die Höhle des Löwen.

Mutter: Wie das enden kann, durften wir gerade eben live und in Farbe miterleben.

Vater: Er war aber Hamburger durch und durch.

Sohn: Nein, er kam aus Pinneberg.

Auftritt Kapitän

Kapitän: *(Läutet dreimal laut mit einer Glocke)* Keine Angst, ihr Landratten, bei mir seid ihr sicher und reitet an Bord wie einst Störtebeker über die Hamburger Wellen. Lasst euch dieses Erlebnis nicht entgehen. Nur 14 Euro für den Erwachsenen und 7 Euro für die Kinder.

Vater: Hier steht es geschrieben: „Wer den Hamburger Hafen besucht, kommt um eine typische Barkassenfahrt nicht herum".

Mutter: Jetzt leg doch wenigstens einmal deinen Reiseführer zur Seite. Du siehst aus wie ein Tourist.

Vater: Ich bin ein Tourist. Deine Kamera lässt auch nicht unbedingt auf eine Hamburgerin schließen. Was regst du dich überhaupt auf? Hier wimmelt es nur so von Leuten wie uns. Wir fallen also gar nicht auf. *(zum Kapitän)* Hier sind Ihre 14 Euro.

Kapitän: Ich bekomme aber 35 Euro. 28 für die Eltern und 7 Euro für den Lütten.

Vater: Das hab ich wohl überhört. Das ist entschieden zu teuer.

Mutter: Aber es ist doch ein Muss! Wenn wir
    nicht einmal über die Elbe gegondelt sind,
    dürfen wir auch nicht behaupten, dass wir
    in Hamburg waren.
Vater: Das wird sich noch herausstellen. Was
    bekommen wir denn von Ihnen geboten?
Kapitän: Eine Fahrt durch den Hafen, was
    erwarten Sie denn?
Vater: Für den Preis mehr.
Sohn: Sind Sie eigentlich ein echter Kapitän
    oder einer, der nur die Mütze von einem
    trägt?
Kapitän: Arrr arrr. Natürlich bin ich ein
    echter Kapitän, allerdings der letzte, der
    hier tätig ist. Durch den gewachsenen Frem-
    denverkehr haben alle nach und nach ihre
    Arbeit verloren, weil die Firmen beispiels-
    weise die Fische günstiger aus dem Ausland
    importieren und gleichzeitig exotischere
    Exemplare einkaufen können. Restaurants
    werden damit der Nachfrage nach Erlesenem
    gerecht, aber wir, wir waren von da an
    überflüssig. Der einzige Seitenarm des Tou-
    rismus, den wir uns noch zu Nutze machen
    konnten, sind die Hafenfahrten, aber jeder,
    der sich nicht selbst vermarkten kann, wird
    früher oder später in einem Barkassenver-
    bund aufgenommen. Wir sind nun Angestellte
    Eins, Zwei und Drei, statt unser eigner
    Herr. Es vergeht kein Tag ohne Sehnsucht
    und immer wenn die Sonne hinter den Kränen
    versinkt, stopfe ich eine Pfeife und rauche
    genüsslich meinen Tabak. Die alten Tage
    werden durch diese kleine Zeremonie und
    durch die alten Lieder lebendiger denn je,
    denn nur darin kann ich sie fortführen.
Vater: Der Fortschritt fordert seine Opfer,
    das ist schade, aber unvermeidlich. Ich

denke, andere Wirtschaftszweige haben sicherlich davon profitiert.
Kapitän: Profitieren tut immer jemand.
Sohn: Und Sie sind direkt in Hamburg geboren?
Kapitän: Nein, ich bin gebürtig aus Cuxhaven.
Mein Vater war allerdings ein Seemann und
lehrte mich das, was ich heute noch kann,
und schon von Klein auf gab es für mich
keinen schöneren Traum, als den von Hamburg
zu träumen.
Sohn: Langweilen Sie sich nicht? Jahrein
jahraus müssen Sie immer die gleichen stu-
piden Fahrten unternehmen?
Kapitän: Das kann ich nicht behaupten. Die
Stadt wächst immer noch. Jeden Tag fahre
ich an der Elbphilharmonie vorüber und sehe
neue Kräne, die die Hafencity aus dem
Nichts auferstehen lassen. Das ist span-
nend, aber leider nicht mehr Hamburg.
Vater: Was ist denn Hamburg?
Kapitän: Hamburg, das ist Vielfalt, das ist
der Glauben an ein Ideal der Einigkeit,
Hamburg wird für mich am besten durch die
Speicherstadt verkörpert. Die ziegelrote
Kleinstadt mit ihren kerzengeraden Kanälen,
an denen früher Schiffe aus aller Welt Halt
machten, um bei den Kontoren ihre wertvol-
len Güter auszuladen. Wie roch das herzhaft
aromatisch, wenn die schwarzen Bohnen aus
Brasilien kamen. Der ganze Hafen wusste es.
Sohn: Und was wurde aus den Lagerhallen?
Kapitän: Ein Kaffeemuseum.
Mutter: Immerhin sehr ursprungsnah.
Kapitän: Mittlerweile ist die Stadt wie ein
Herbarium. Alles, was früher Tagesordnung
war, ist heute eine Ausstellung oder ein
nichtssagendes Museum. Man möchte fast
scherzweise behaupten, dass die Leute

selbst Messer und Gabel besichtigen würden,
solange diese hinter einer Glasscheibe mit
einer Fotografie von einer Person, die solches einmal benutzt haben könnte, aufbe-
wahrt werden.
Vater: Das ist eben Hamburg. Wir möchten Ihre
Zeit nun nicht länger in Anspruch nehmen.
(gibt dem Kapitän 5 Euro) Hier ist Ihr
Trinkgeld. Die Fahrt hätten wir uns niemals
leisten können.

Alle ab

<u>Aufzug I Auftritt IV</u>

*Spielbudenplatz auf der Reeperbahn. Überall
bunte Lichter, die zwischendrin die David
Wache und die Leuchtreklame des Kasinos
erkennen lassen.*

Auftritt Vater, Mutter, Sohn

Vater: Gut, dass wir herausgefunden haben,
dass der öffentliche Nahverkehr Fähren über
die Elbe zur Verfügung stellt, die wesentlich günstiger als eine offizielle Hafen-
fahrt sind. *(ruft laut)* Einmal nach Finken-
werder und zurück!
Mutter: Und warum sind wir jetzt hier?
Vater: Keine Widerrede! Im Baedeker steht
klipp und klar geschrieben: „Die Reeperbahn
ist die sündige Meile von St. Pauli und
wurde mit ihren zahlreichen Lusthäusern
schon damals von den Seefahrern rege besucht."
Mutter: Wenn wir wenigstens den Kleinen ins
Bett gebracht hätten.

Vater: Nein, wir waren auf der Suche nach dem
    Ursprung und damit dem Sinn und Zweck eines
    jeden Urlaubs. Wenn wir hier nicht fündig
    werden, wo dann? Ich möchte nicht aufgeben
    und wenn es uns hier tatsächlich gelingen
    sollte, dann will ich, dass mein Junge mit-
    reden kann.
Sohn: Zu sehen gibt's hier einiges.
Mutter: Mach deine Augen zu! Die, die am
    wenigsten Bekleidung am Körper haben, über-
    tragen schon bei Blickkontakt Krankheiten,
    also hüte dich.
Sohn: Wäre ich nur lieber von mir aus ins Bett
    gegangen.

Auftritt Kiezkönig

Kiezkönig: *(flüstert)* Psst, hey ihr drei!
    Kommt mal zu mir. Sagt es bitte nicht wei-
    ter, *(laut)* aber bei mir gibt es die besten
    Burlesque- und Transvestiten-Shows der gan-
    zen Stadt. Also nicht lang warten und rein
    in den Puff!
Mutter: Entschuldigung, wer sind Sie über-
    haupt?
Kiezkönig: Wer ich bin? Das hat mich ja noch
    niemand gefragt. Ich bin der König vom
    Kiez. Mir gehört quasi der ganze Laden
    hier.
Vater: Das trifft sich gut, dann können Sie
    uns sicherlich weiterhelfen. Wir suchen das
    ursprüngliche Hamburg.
Kiezkönig: Oh, mein Lieber, das sieht leider
    ganz schlecht aus.
Vater: Wieso, ich denke Sie sind der König?
Kiezkönig: Eben darum weiß ich es ja. Das
    ursprüngliche Hamburg verlangt nämlich nie-

mand mehr. Das Schmuddelige wird ersetzt
durch das, was Mode ist.
Vater: Und was ist Mode?
Kiezkönig: Feine Bars mit Tischen, in denen
Kois schwimmen. Hochhäuser aus Glas mit
einem Blick über die Stadt, die einen
schwankend machen und …
Vater: Ich habe verstanden. Aber dienen die
ganzen anrüchigen Werbereklamen nur noch
der Ansicht?
Kiezkönig: Natürlich nicht. Es steckt immer
noch drin, was draufsteht, aber bei weiten
nicht mehr in der Menge wie früher. Du
kannst sagen, früher war alles unvorherseh-
bar und heutzutage passiert genau das, was
du auch planst. Gewerbeordnungen und Co
haben das meiste wegrationalisiert. Selbst
vor Kiezinstitutionen wie dem Safari-Club
haben die Behörden keinen Halt gemacht.
Übrig geblieben ist eine Plastikwelt mit
bunten Lichtern.
Mutter: Dann hat sich dieser Urlaub überhaupt
nicht gelohnt.
Kiezkönig: Die Reeperbahn kann sich noch immer
lohnen. Noch gibt es eine handvoll Kneipen,
die den alten Charme versprühen. Es ist
aber eben nicht jedermanns Sache, wenn bei
jedem Schritt die Schuhe am Boden festkle-
ben; oder wenn bullige Schlägertypen einen
um den Hals fallen, um gemeinsam anzusto-
ßen; oder wenn der Barkeeper dich duzt,
aber nur drei unterschiedliche Saftsorten
zur Auswahl hat.
Mutter: Das ist wirklich mager für die heutige
Zeit, da gibt es selbst in unserem Wirts-
haus eine bessere Auswahl.
Kiezkönig: Oder wenn die greise Omi mit
künstlicher Hüfte im Minirock sich um die

Stripperstange schlingt und aus der Jukebox
zu den Melodien der Schlager von vor einem
halben Jahrhundert wie ein Rabe trällert;
wenn die Toiletten versifft sind und sich
mit jeder späteren Stunde des Abends mehr
Benommene in den Urinrillen suhlen. Die
Einrichtungen sind immer dunkel und man
kann sich selten sicher sein, worauf man
gerade sitzt.
Mutter: Besonders einladend klingt das allerdings wirklich nicht.
Kiezkönig: Manchmal erhältst du vielleicht
sogar von einer zwielichtigen Person Tipps,
in welcher Körperritze dein Geld am sichersten ist.
Vater: Tipps können nie schädlich sein. Aber
was ist mit den ganzen Prostituierten?
Kiezkönig: Was soll mit denen sein? Die haben
eine ausgeklügelte Rangordnung, genauer wie
im Bundestag. Jede weiß, wo und wie lange
sie zu stehen hat. Wie Geier stürzen sie
sich von da auf ihre Beute. Sie bieten hier
eine gewöhnliche Dienstleistung an, genau
wie Taxifahrer und ebenso wenig werden sie
hier angesehen.
Vater: Ich bin noch immer unentschlossen.
Kiezkönig: *(lautes Getrampel ertönt)* Dann
sollten Sie sich beeilen.
Vater: Was ist das?
Kiezkönig: Sobald die Uhr zu Mitternacht
schlägt, ist hier niemand mehr sicher und
eine Schar von feierwütigen Jugendlichen
füllt die Straßenzüge und Bars mit exzessiven Alkoholkonsum und Sauforgien, sodass
sie vergessen, ob sie Männlein oder Weiblein sind. *(rennt schreiend weg)* Der Rubel
rollt wieder!
Sohn: Kam er eigentlich aus Hamburg.

Vater: Schluss nun mit dieser Farce. Der
    Urlaub ist vorbei!
Mutter: Das war's also schon. Man sollte ohne
    Erwartungen verreisen, dann wird man we-
    nigstens nicht enttäuscht.
Vater: Dabei habe ich jährlich nur 24 Tage
    Urlaub. Da bräuchte man doch lieber gar
    keinen.
Mutter: Ich freue mich auf die Couch.
Sohn: Und nun, Papa? Hat die Luftveränderung
    geholfen?
Vater: Ich glaube mittlerweile, dass es nicht
    gut ist, wenn jedem ausnahmslos alles er-
    möglicht wird, was er gerne hätte und sei
    es nur eine Stunde Zugfahrt in die nächst
    gelegene Stadt. Ich habe gelernt, dass
    nicht jede Luft gut ist und der Tourismus
    das Reisen überflüssig gemacht hat. Aus der
    Gier, alles sehen zu wollen, ohne es zu
    erleben, ist eine Industrie erwachsen, die
    sämtliche andere in den Schatten stellt.
    Wie nach einem Krieg vernichtet sie alles
    Ursprüngliche, reißt Gebäude nieder und
    vertreibt Menschen, die nicht ins Schema
    passen. Aber was nützt uns das alles? Was
    bedeutet dieses Wissen im Vergleich zum
    Fühlen? Einen Fliegendreck! Und trotzdem
    rühmt sich jeder mit dem einen und ver-
    steckt das andere.

Alle ab

Heideblümchen

Sah ein Knab ein Liebchen stehen
Es war August und sie war schön
Reckte ihren frommen Kopf und ließ ihn wehen
Da verlor das Ödland glatt die Silbe öd

„Oh darf ich dich zupfen?"
Fragte er mit roten Wängchen
"Wenn du erträgst mein Schrumpfen."
Antwortete sie im blassen Rosa vom Stängelchen

"Für immer sollst du mir gehören!"
Sang er und riss sie aus dem Boden
Das Heidblümchen welkte ohne tönen
Doch der Knab fing an mit Toben

Heimatwanderung

Niemals kann jemand behaupten, dass es einen besseren Zeitverschwender als mich gegeben hat. Einer regelmäßigen Arbeit bin ich nie nachgekommen. Wozu auch? Die Sonne küsst mich auch ohne diese lästigen Pflichten am Morgen wach, wenn ich auf einer weichen Moosbank meine Augen aufschlage, den Tau von den gewölbten Laubblättern schlürfe und mich frage, wo mich der Wind am Vortag denn wieder hingetrieben hat. Ich wohne hier, dort und überall; wo ich Rast mache, wartet ein kleines Stückchen Heimat. Wo ich einst gestartet bin, weiß ich nicht mit Sicherheit zu berichten, deswegen unternehme ich auch keinen Versuch dahingehend, da ich im Lügen und Erfinden nicht sonderlich gewandt bin. Diese Beschreibung würde ich gerne von mir geben, aber sie wäre falsch.

Die obligatorischen Feiertage waren just an mir vorbei, oder treffender formuliert, über mich hinweg, marschiert. Es schien mir darum ein geeigneter Zeitpunkt zur Flucht zu sein. Diese ganze Festlichkeit war mir zwar wohl, doch in ihrer Folge fühlte ich stets eine ungeheuerliche Leere meinen Leib erfüllen. Niemand konnte dann meinen Trübsinn verstehen, der sich über mich legte, Stück für Stück wie eine Bleidecke, unter der ich mich nicht mehr hervorwühlen konnte.

In Vorbereitung auf das Fest arbeitete die gesamte Familie emsig auf die Glück verheißenden Tage hin. In ruhigen Phasen saßen wir schweigend beisammen und lasen unsere Zukunft aus der Glut des Ofenfeuers. Jeder in der Runde kannte sie, die ungewisse, die täuschende, die zu vielverheißende Zukunft. Die überschwängliche Laune wurde aufgespart für die feierlichen Zeremonien, dort wo jeder heuchelte, dass er gerne in die Kirche ging.

Der Höhepunkt wurde erreicht, sobald der gedeckte Tisch mit seinen Festschmäusen zum Verzehr freigegeben wurde. Wie ich diesen Geruch liebte, der sich aus den deftigen und süßen Speisen zu einem Neuen zusammensetzte. Mit Sicherheit hätten die vollen Bäuche zu einer Ermattung geführt, wenn es nicht gute Tradition gewesen wäre, den Keller nach Weinen, meist Geschenke von entfernter Verwandtschaft aus einem unbekannten Weinanbaugebiet, zu bergen. Mit der ersten entkorkten Flasche strömten die Gespräche wie ein wilder Fluss aus den Mündern der Anwesenden, die nicht selten für allgemeine Erheiterung sorgten - besonders die Spottreden, über die am meisten gelacht wurde. Wenn durch die Fenster das erste Lichtwerden zu erkennen war und die Umgebung ihrer Farbe wieder beschenkt wurde, war es Zeit, das Bett aufzusuchen. Jenes Gefühl, welches ich dann beim ersten Erwachen verspürte, brachte mich um den Verstand, denn es war die bereits erwähnte Qual. Dieser schwerelose Zustand, der mich von allem bisher Verbundenen entband.
Die Decke war bis unter mein Kinn hochgezogen, sodass die nackten Füße von der winterlichen Kälte umhüllt waren. Ich war bar jedes Einflusses auf meine Gedanken, die ungestüm über mich hinweg fegten wie Januarstürme. Wofür war das alles gut? Vor meinem geistigen Auge sah ich farbenfrohe Orte, an denen ich noch nie gewesen zu sein glaubte, obwohl mir ihr schillerndes Antlitz real schien und so gab ich den Empfindungen nach und floh. Meine überschaubaren Habseligkeiten passten auf ein quadratisches Tuch, von welchem ich die vier Ecken zu einem Sack zusammenknotete und über meinen Rücken warf. Auf dem Weg nach draußen durchquerte ich die Stube, in welcher vor wenigen Stunden noch die Familie fröhlich beieinanderhockte und gemeinsam Wein trank.

Teilnahmslos starrte ich ein letztes Mal die Überbleibsel meines bisherigen Lebens an, die mir über die Jahre lieb geworden waren; jedoch blickte ich weder wehmütig noch traurig drein, eher als ob ich zum ersten Mal sehend wäre und den Dingen ihren tatsächlichen Wert zumessen konnte. Der Erinngerungsstaub wich von den Gegenständen in einen Dunst, der mir bekannt sein müsste, es aber nicht war. Mit einem Ruck wandte ich ihnen den Rücken zu und füllte in der Küche meine Manteltaschen mit Roggenbrot und den Resten des Hartkäses, den ich als Wegezehrung mit mir führen wollte. Die Holzdielen knarrten über mir, ich war nicht der einzige Erwachte in diesem Haus. Auf leisen Sohlen schlich ich geschwind zur Tür hinaus, ohne mich umzudrehen. Ich lief immer meiner Nasenspitze nach in die Wälder, bis mir die Bäume weniger vertraut vorkamen, in der Hoffnung, jenes Dorf zu erreichen, welches mir in der Vision so eindrücklich erschienen war. Vor mir lag eine völlig neue Welt. Ich genoss die Landschaft, die hierzulande von sanften Hügeln geprägt ist. Kein Tal ist tief genug, als dass man dessen Grund nicht erblicken könnte. Das Land ist weitläufig, nur begrenzt durch kleinere und größere Baumgruppen, die wie pittoreske Inseln in einem Meer aus braunen Feldern schwimmen.
Eine ganze Zeit lang lief ich an den hiesigen Bahnschienen entlang und rang mit mir, ob ich vielleicht bei der nächstmöglichen Gelegenheit einfach auf einen fahrenden Zug springen sollte, egal wo er mich hinführen würde. Hauptsache schneller vorankommen. Wenig später verwarf ich diese Möglichkeit jedoch mit innerer Abscheu, denn auch wenn ich vorhatte, ohne Fahrtkarte zu fahren, so wollte ich diesen neumodischen Transportmöglichkeiten abschwören, da sie für mich der Inbegriff des Bösen waren. Wieso sollte jeder Mensch jeden

Winkel der Welt ermessen? Soweit die Füße tragen, so groß ist auch das Erdenrund, der Rest sind leidliche Trugbilder. Diese Meinung habe ich wahrscheinlich exklusiv, aber wenn die stählernen Ungeheuer, die Verkünder des Fortschrittes, zu stark genutzt werden, machen wir uns von ihnen abhängig und aus den Annehmlichkeiten erwachsen Gewohnheiten. Wir sind zu schwach, um das einzusehen. Urplötzlich vernahm ich ein lautes Schnauben und aus dem Nichts entstieg das schwarze Ungetüm dem Wirrwarr kahler Zweige des Waldes. Ich schrie ihm hinterher und verspottete es mit höhnendem Gelächter, dass es mir trotz seiner schnaubenden Stärke kein Leid zufügen könnte, da ich nicht auf seinen Schienen wandelte. Ich bin frei. Was muss es hingegen für ein schändliches Leben sein, immer einem bestimmten Weg zu folgen, der einem von fremder Hand vorgegeben wird?

Seit meiner Abreise entbehrte ich der Zivilisation und nun, wo mich die ersten Fachwerkhäuser als ihre Vorboten grüßten, kam ich ihr wieder bedeutend näher. Die Umwelt war unbekannt und darum jungfräulich schön. Ich lief die Pflastersteinstraße hinab und sah die geschmückten Fenster der Häuser, aus denen zuhauf fröhliche Stimmen tönten und würdigte das hiesige Schloss mit einem längeren Aufenthalt. Der weiße Putz stach wie eine Ansammlung von leeren Leinwänden zwischen den braunen Holzbalken hervor. Besonders das kleine Glockentürmchen, welches mittig positioniert war, versetzte mich in helle Begeisterung. Am Rand des Schlosses fand ich einen schmalen Einstieg zu einem Trampelpfad, der mich in Schlangenlinien hinab zu einem Teich führte. Seine Wasseroberfläche wurde ohne Unterlass vom Wind gekitzelt und in Bewegung gesetzt. Am Ufer begegnete ich einer Entengruppe, die dicht gedrängt aneinander hockten. Sie waren

zu müde und ich ihnen zu wenig Gefahr als dass
mich nur eines der Federviecher eines Blickes
gewürdigt hätte. Bei diesem rührenden Bild
erinnerte ich mich an eine Parabel von Scho-
penhauer. Er beschrieb darin eine Gemeinschaft
von Stachelschweinen, die sich in der Kälte
nach mehr Wärme sehnten und die gegenseitige
Nähe suchten. Doch je näher sie zusammen
rückten, desto mehr schmerzten die spitzen
Stacheln des Nachbarn. Ihnen blieb daher
nichts andres übrig, als die erträglichste
Entfernung zu wählen, indem sich das Frieren
und die Schmerzen die Waage hielten. Glückli-
che Enten, dachte ich bei mir, wie gut, dass
ihr keine Stacheln kennt, so wärmt euch
weiter!
Mit nicht wenig Lust führte ich meine Hände in
die Manteltaschen, um von meinem Proviant zu
zehren; das Brot war bereits hart, woran sein
Alter erheblichen Anteil trug. Wie ein Greis
war es ergraut, aber schlimmer als hartes Brot
ist gar kein Brot. Da mir nach dem schmächtigen Happen lediglich der Mehlstaub in der
Tasche blieb, lief ich eilig die Straße
bergan, da ich auf der Anhöhe zuvor einen
Bäckerladen erspähte. Die verdunkelten Fensterläden offenbarten mir das Gedachte, obschon
die Auslagen mit verschiedenen Brotleibern
einem Schlaraffenland glichen. Dicht presste
ich meine Nase vor lauter Hungergefühl, denn
meine Ration war tatsächlich noch dürftiger
als ich es erwartete, gegen die Scheibe - so
nah und doch so fern. Ich kam mir plötzlich
vor wie ein ausgehungertes Tier und als mich
der Besitzer aus einem erhobenen Fenster in
Augenschein nahm, konnte er mein Gefühl nicht
zerstreuen, sondern verstärkte es. Ein Land-
streicher, sei ich, der Unruhe in die beschau-
liche Örtlichkeit bringt, schimpfte er mir
entgegen. Da ich dem bürgerlichen Dasein die
kalte Schulter zeigte, hielt es mir nun, wo

ich seiner bedurfte, exemplarisch den Spiegel
vor und zeigte sich unversöhnlich. Höflichst
und mit den mir eingegebenen Manieren, erbat
ich mir ein kleines Häppchen seiner Ware, die
ohnehin vor den Feiertagen nicht verkauft
wurde und ebenso danach nicht mehr verkauft
werden könne, weil der, der eine Bäckerei
aufsucht nach Frischware verlangt. Der Vorteil
dieses Handels blieb ihm verborgen. Mir eine
schlichte Freude zu bereiten, war seiner Mühe
soviel wert, als wenn ich um Geld gebettelt
hätte, aber Nahrung braucht der Mensch. Sollte
ich stattdessen lieber verhungern? Ohnehin war
es unter meine Würde zum imaginären Bettelstab
zu greifen, aber hier geriet ich in einen
Ausnahmezustand und rutschte schluchzend auf
den Knien. Kälte drang in mich durch meinen
Rock, der ohnehin aus keinem robusten Garn
bestand, was jedoch kaum auf die bloßen
Witterungsverhältnisse zurückzuführen war. Ich
wich dem Unrat aus mit dem er mich bewarf,
denn damit stand ich für ihn auf einer Stufe,
nein ich stand weitaus darunter, denn seine
Wurfobjekte dienten zumindest einer für ihn
nützlichen Sache. Je näher man die Möglichkeit
glaubt einen Mangel wett zu machen, desto mehr
bedrückt es, wenn es nicht gelingt. Hätte ich
keine Aussicht auf ein Stück Brot gehabt,
stände mein Hungergefühl in einem erheblich
niedrigeren Maße. Zumal die Enten am Teich
sicherlich mehr davon täglich zugeworfen
bekamen, womöglich gar von ihm.
Ich sah die Nacht herniedersinken und mit
leeren Magen war ich bislang noch nie zur Ruhe
gekommen. Meine Wut auf den Ladenbesitzer über
die versagten Mittel glich einem schuppigen
Wurm, der sich mit falscher Freude an meiner
Bauchhöhle rieb. Da schmiss der Geizkragen
lieber das gute Essen weg, als es einem
bedürftigen Menschen zu geben! Vielleicht
schenkt er es einem befreundeten Bauern, als

Futter für die Säue - diesen Stellenrang
besitzen nämlich Menschen, die einander fremd
sind! Grunzendes und sich im eigenen Kot
suhlendes Getier. Ein paar Taler, die ich bei
meiner Abreise bequem aus der Küche hätte
mitnehmen können, hätten die Szene von Grund
auf verändert, so spürte ich hingegen den
Stachel der Menschheit.
Nichts wie raus aus dem Dorfe! Meine Fußsohlen
begannen allmählich zu brennen, als ich kurz
vor Ortsausgang eine Kutsche mit allerhand
vornehmer Gesellschaft an mir vorüber klappern
sah. Sie nahmen mich nicht wahr, wie sollten
sie auch? Deswegen scheute ich nicht davor
zurück, stehen zu bleiben, um ihnen offensichtlich nachzuschauen, bis sie im Dickicht
des nahen Forstes verschwanden. Ihre Stimmen
hallten jedoch nach und ich hörte das grelle
sorgenlose Gelächter von jenen zwei Damen, die
kurz zuvor fein herausgeputzt meine Aufmerksamkeit erhaschten. Die Stimmen verstummten,
aber ihr Bild blieb mir im Gedächtnis haften,
denn die zwei Frauenzimmer konnten kaum
unterschiedlicher sein. Ich vermochte nicht zu
bestimmen, wer von beiden die Aufreizendere
sei. Während eine ihr gelocktes rotes Haar
offen trug, war das Blond der anderen nach
oben hin zu einem Knäuel zusammengebunden. Die
eine war groß, die andere klein, soweit ich
das im Sitzen vermochte zu beurteilen - zwei
Grazien par excellence. Ich deuchte mich nicht
über den Umstand hinweg, dass dies wahrlich
Bürgerinnen von höherem Wert als der meinige
waren. Alleine die mannigfachen Wölbungen der
Rokoko Kleider der Damen, die unter dem dicken
fellbestückten Wintermantel hervorblitzten und
dabei aus der Kutsche hingen, überstiegen
meinen Wert. Geld heißt Befreiung, denn wenn
fremde Meinungen einen gleichgültig lassen,
gebiert es Eindruck, der soweit reichend ist,
dass er einem positiven Leumund ähnelt. Es ist

der Anschein guter Dienste, die offensichtlich an der Gesellschaft geleistet und durch Bezahlung honoriert wurden, sodass die Leute zu Dank verpflichtet sind. Geld regiert die Welt, besagt eine Bauernweisheit, doch wer regiert das Geld?, frug ich mich beständig. Nein, die Reichen tragen keine Schuld daran, dass sie reich sind, nur die Armen, dass sie arm sind, denn wer bitteschön sollte sie daran hindern, ebenso viel Besitz zu horten?
Der Dolch des Neides sticht mir ins Fleisch, denn wie viel einfacher wäre meine Unternehmung der Wanderschaft, wenn ich genug Geld besitzen würde? In kalten Nächten würde ich mir eine warme Unterkunft suchen und nur die mit der dicksten Daunenbettdecke würde mir Genüge tun. Niemals müsste ich Hunger leiden und ein oder zwei Schoppen Wein wüssten mir sicherlich jeden Tag noch zu veredeln.

Nachdem die Kutsche meinen Augen und Ohren entschwand, stieg in mir ein Gefühl des Hasses auf, gegen jene vornehme Bourgeoisie. Sahen sie mich nicht oder wollten sie mich nicht sehen? Nichts bin ich ihnen wert, ähnlich wie dem abgefeimten Bäcker. Hier steh ich nun im Angesicht des letzten Tageslichts, welches die dunklen Baumkronen blutrünstig einfärbt. Vom Wind wiegende Knochengeripppe, die mich höhnisch mit ihrem Knarren verspotten. Es ist schon recht so, denn ich habe es nicht besser verdient. Das Glied einer Kette springt eben nicht einfach aus der Reihe und fordert Freiheit, die ihm schließlich gewährt wird. Nein, das Geld ist nicht schuld daran, ich bin es, der Undankbare. Ich könnte mir ein warmes Lager bauen, aber ich bin zu grün hinter den Ohren. Womöglich wäre dies mein eigenes Grab, wenn es über mir einstürzt. Wobei, wenn ich es recht überlege, kann ich ja nur einmal sterben! Jetzt, wo die Nacht stockfinster ist, taste ich mich Schritt für Schritt ins Ungewisse voran, denn Stehenbleiben und Einschlafen würde meinen sicheren Tod bedeuten. Ach, wäre ich nicht Hals über Kopf aus dem Dorf davongelaufen. Der Bäcker hätte mir bestimmt Unterschlupf gewährt, wenn ich ihm meine Situation dargebracht hätte, aber nun war es zu spät. Zu allem Überfluss setzt ein sanftes Schneerieseln ein. Die dadurch wachsende gräuliche Flur ist hilfreich die dunklen hervorragenden Schatten deutlicher zu erkennen. Ich weiß nicht, ob und wie weit mich meine Füße noch tragen. Das rekapitulieren dieser Geschichte war eine willkommene Ablenkung, auch wenn ich dadurch den Ort meiner anfänglichen Einbildungskraft nicht erreichte.

Mit einem Mal durchzuckt mich ein Hoffnungsschimmer, ein warmes Lichtlein, welches mit der Trostlosigkeit der Nacht bricht. Die Finsternis ist eine Momentaufnahme der Gegenwart, meine Zukunft jedoch soll Licht, soll Gold werden. Vernebelten Sinnes streife ich die Vorsicht ab und laufe unentwegt näher zur Lichtquelle, als ob es keine Widerstände gäbe, die es wert wären, beachtet zu werden. Ich strecke meine Hand zur Rettung aus. Zieh! Zieh du holdes Glück! Ich bin dein! Der Fall streckt mich zu Boden, ich bin unten angekommen. Regungslos liege ich da auf dem Waldgrund. Ich musste über eine Böschung hinab gestolpert sein und mir den Kopf an einem der zahlreichen Äste gestoßen haben. Ich verharre reglos und stumm. Die Flocken rieseln mir währenddessen in den offenstehenden Mund und spenden mir geschmolzen die lang versagte Flüssigkeit. Welch ironische Fügung. Ich lache, obwohl der Brustkorb schmerzt. Der Boden kann unmöglich gefroren sein, wenn meine Kraft in ihm versickere. Gute Nacht Welt, ich schlafe!

Ein Erdbeben! Wieso sonst wackelt die gesamte Umgebung? Ich komme zur mir auf einer Holzbank. Die Erschütterungen rühren von der Kutsche her, die ich nun klar identifiziere und in deren Inneren mir jene zwei vornehmen Frauenzimmer, denen ich am Vortag noch hinterher schaute, gegenübersitzen. In diesem Wissen spüre ich die Schamesröte von mir Besitz ergreifen. Wie sehr hatte ich den Liebchen gestern gezürnt? Sie kichern, als hätten sie mir einen Streich gespielt. Ich konstatiere, dass ich ihre gänzliche Schönheit erst jetzt erkenne, wo ihnen ihr Lachen das engelsgleiche Antlitz veredelt. Erklärungen bleiben sie mir jedoch bar und ich gestehe, dass ich sie dahingehend nicht drängen möchte.

Am Horizont sehe ich die aufsteigende Sonne ihren verschwenderischen Schein über die Flur vergießen, wodurch ich erstmals die Bedeutung des Wortes heilig erahne. Jedes Detail ist von Mutter Natur gesegnet und gehört in dieses Idealbild. Ich sehe den kahlen Bäumen nach, die trotz ihrer winterlichen Spärlichkeit wie starre Trophäen leuchten. Die Überstrahlung lässt nunmehr die Wölbung der Felder erkennen und weiter hinten einen Kirchturm, der dem aus meiner Vision täuschend ähnlichsieht. Ein frommes weißes Gebäude mit einer runden Kuppel auf der eine Spitze in den Himmel ragt. Wir halten Einkehr in dieses sagenhafte Ölgemälde. Da die Gebäude größer werden erkenne ich sie, denn sie sind meinen Augen bekannt. Wahrlich, es ist mein Heimatdorf, aus welchem ich floh! War es nicht erst gestern? Ein Tag, der ein ganzes Leben darstellte und mit Bildern hätte füllen können. Ich bin ein guter Wandersmann, denn solche müssen egoistisch sein und das Leben betrügen, denn dies geziemt sich für Vagabunden. Ich habe es geschafft, die Zeit zu berauben, wo ich nie wirklich fehlte, und trotzdem mit einem anderen Leben fremdging.

Vertieft lasse ich mich weiter hinein fahren
zu meiner Hütte, deren Portal mir gestern noch
der Eingang zu neuen Abenteuern war. Dann
singen die beiden Englein erst leise, dann
immer lauter werdend folgendes Liedchen:

        Als Wolf ward ich geboren
        Mit Leben kaum verwoben
        Die Augen warn noch matt
        Da vernahm ich den Duft
        Der ersten sauren Luft
        Und trat auf mit Bedacht

      Die erste Tatze hab ich abgedrückt
      Wo sie fortan den Waldboden schmückt
      Mich trug es weiter - überall hin
        Außer zurück zu dem Platze
        Wo ich einst Fuß fasste -
      Entbehrt das nicht jeden Sinn?

        Tränen weint jede Zeit
        Auch die Vergangenheit
      Vielleicht kann ich bestehen
      Wenn ich Spuren in Rinde schlage
      Und fortan zu hoffen wage
      Das wir einander wiedersehen

Herzensangelegenheit
Komödie in einem Akt

Personen:
Trödelliese
Siegmund, ihr Ehemann
Muhammad, ein arabischer Scheich
Helmut, ein ausgedienter Kanzler
Lothar, ein Schuldirektor
Elsbeth, eine Hausfrau
Drei Ärzte

Handlungsort:
Flohschanze in Hamburg

Akt I Auftritt I

Trödelliese, Siegmund

Siegmund: Und ich sage es noch einmal, du liebst die Arbeit mehr als mich!

Trödelliese: Man kann aber nun wirklich auch nicht behaupten, dass du mir diese Entscheidung im Moment sehr schwer machst.

Siegmund: Ich versteh das nicht. Ein Mensch muss doch vor allem arbeiten, um zu leben und lebt nicht ausschließlich für den Müßiggang Arbeit.

Trödelliese: Du bist mir eine Marke! Diejenigen, die mit ihrem Beruf, wie ich, im Reinen sind, befinden sich eben klar in der Unterzahl. Der ganze Rest findet selbst das liliputanischste Haar in der Suppe, Hauptsache, es gibt etwas zu nörgeln. Der eine bekommt zu wenig für das, was er leistet, ein anderer arbeitet zu lange und nicht weniger zu unchristlichen Zeiten und ein ganz anderer wiederum kann einfach die ver-

soffene knallrote Knollennase seines Kollegen nicht mehr ertragen. Heutzutage grenzt
es an Frevel, wenn man gerne dorthin geht,
wo es Geld zu verdienen gibt. Wo soll das
noch hinführen? Wenn wir keine Arbeit zu
verrichten haben, liegen die Leute in Bälde
wie Fallobst auf den Straßen und starren
Löcher in die Luft.

Siegmund: Richtig ist, was glücklich macht.
Bei deinen Reden könntest du Vorsitzende in
einer Partei werden. Hören deine Ohren eigentlich, was dein Mund spricht? Das ganze
Jahr flanierst du über Trödelmärkte, kaufst
dem einen die Kaffeemühle für 20 Groschen
ab, polierst sie mit Spucke bis sie glänzt
und verkaufst sie wiederum für 45 Groschen.
Du schuftest und rackerst dir die Knochen
aus dem Leib, selbst am Wochenende kennt
der Wahnsinn keine Grenzen.

Trödelliese: Spucke ist und bleibt das güns-
tigste Reinigungsmittel und daran wird sich
auch nichts ändern. Und überhaupt, du sagst
es selbst: Richtig ist, was glücklich
macht. Wieso versuchst du, mich unglücklich
zu machen? Die ganzen Jahre über hat dich
mein regelmäßiges Einkommen nicht im Geringsten gestört, da denke ich beim besten
Willen nicht ans Aufhören.

Siegmund: Du glaubst wohl gar, dass du einen
höheren Sinn mit deinem Tun bezweckst, o-
der?

Trödelliese: Was will ein kleiner Mensch schon
für einen Sinn erfüllen? Man darf sich
selbst nicht immer so ernst nehmen und muss
auch mal über sich lachen können. Wenn jeder einzelne von uns, also jeder von den
Abermilliarden der Erdbevölkerung einen
höheren Sinn erfüllen wollen würde, wo kä-

men wir denn dann hin? Dem Himmel graut es
schon bei dem bloßen Gedanken, wo er all
die Heiligen unterbringen soll. Für die
kleinen Arbeiten darf man sich hingegen nie
zu schade sein und getrödelt wird schließlich immer. Die Leute kaufen am Morgen das,
was sie abends nicht mehr benötigen und so
weiter. Das bedeutet absolute Hochkonjunk-
tur für mein Geschäft, denn immerhin habe
ich einen Namen zu verlieren.

Siegmund: Ich für meinen Teil wusste, dass
nach der Ausbildung Schluss ist mit dem
lausigen Malochen. Jeden Tag aus dem Bett
quälen, wenn man noch schlafen könnte, jeden Tag essen, nur weil Mittagspause ist,
jeden Tag die eine bestimmte Stunde herbei-
sehnen, nur weil sie gleichbedeutend mit
dem Feierabend ist - Ich könnte das alles
nicht.

Trödelliese: Du hast dich auch davor gedrückt
und das alles nur wegen eines ehemals ver-
stauchten Fußes.

Siegmund: Verstaucht ist stark untertrieben,
eine Entzündung der Sehnen, da kann man
nicht mehr guten Gewissens arbeiten.

Trödelliese: Im Büro schon. Von deinen paar
Groschen Erwerbsminderung werden wir auch
nicht satt und kommen bei weitem nicht einmal ansatzweise über die Runden.

Siegmund: Aber mittlerweile hast du doch
deinen Altersanspruch auf Rente. Wenn du
ihn dir auszahlen lässt, haben wir zumindest einen schmalen Grundstock an monatli-
chem Kapital. Der Rest wird sich finden. In
Deutschland muss niemand verhungern. Dafür
gibt's die Tafel!

Trödelliese: Das sind ja rosige Aussichten.

Siegmund: Lieschen?

Trödelliese: Ja?

Siegmund: Bitte.

Trödelliese: Nein!

Siegmund: Bitte, bitte.

Trödelliese: Nein und nochmal nein!

Siegmund: Bitte, bitte, bitte.

Trödelliese: Na gut, na gut! Dieser Hundeblick
    hat mir schon damals das Ja entlockt, so
    also auch heute, aber nur unter einer Be-
    dingung.

Siegmund: Die da wäre?

Trödelliese: Ich empfange gleich hier auf dem
    Markt einen Auftraggeber. Man munkelt, er
    sei reich. Was er aber genau will, kann ich
    nicht abschätzen. Ich weiß lediglich, dass
    er mit der Trödelliese verhandeln will und
    wenn es klappt, wie ich es mir vorstelle,
    wird es das ertragreichste Geschäft meines
    Lebens.

Siegmund: Na, wenn es sein muss.

Trödelliese: Du bist mir eine Hohlbirne! Da
    rede ich von Zaster, Penunzen und Schotter
    und dir entlockt das keinerlei Regung. Ach-
    tung! Ich glaube, ich sehe ihn in seinem
    weißen Leinengewand. Ja, das muss er sein.
    Los, hau ab und verschwinde, sonst ver-
    dirbst du mir das ganze Geschäft!

Siegmund ab.

Akt I Auftritt II

Vorherige, Muhammad, drei Ärzte

Muhammad: *(wird von den drei Ärzten satelli-
    tenartig umkreist, die sich kurz darauf der
    Größe nach sortiert in einer Reihe aufstel-*

len) Ich heiße Muhammad bin Raschid Al Maktum und ich suche die Trödelliese.

Trödelliese: Hier, das bin ich!

Muhammad: Alhamdulilah! Ich habe einzig den Weg aus Arabien hierher nach Deutschland unternommen, um Sie zu finden, denn nur den Edlen reist der Ruf voraus und ich beliebe ihnen zu folgen. Gibt es Ihrerseits Fragen zum weiteren Vorgehen?

Trödelliese: Mir wurde nur gesagt, dass ich Sie hier zu erwarten habe, das war alles.

Muhammad: Ich möchte nicht viel Zeit verlieren, denn an nichts fehlt es mir mittlerweile mehr. Ich benötige dringend einen Spender für mein lahmendes Herz. Aber meine Ärzte können Ihnen dazu verlässlichere Auskünfte erteilen. Wohlan. *(winkt seinen ersten Arzt heran)*

Erster Arzt: *(tippelt leichtfüßig auf Zehenspitzen heran und steht stramm)* Es ist ausgesprochen ernst.

Trödelliese: Muss er etwa sterben?

Erster Arzt: Wir alle müssen sterben.

Trödelliese: Also ist es weniger ernst.

Erster Arzt: Wie können Sie so etwas behaupten? Jede Sekunde kann es soweit sein! Symptome für akutes Kammerflimmern können Brustschmerzen und Atemnot sein, die letztlich zum Stillstand des gesamten Herzmuskels führen und dadurch den Tod unabwendbar machen.

Trödelliese: Und daran leidet der gnädige Herr?

Erster Arzt: Noch nicht. Abgesehen von einer exorbitanten Orgie nach Ramadan, wo er sich an der abgesplitterten Knochenspitze einer Hähnchenkeule verschluckte, fühlt der Herr sich pudelwohl und aus eben diesem besorgniserregenden Grund engagierte er eine Riege aus drei überqualifizierten Ärzten, die ihm Tag und Nacht zur Seite stehen und ins Gedächtnis rufen, wie schlagartig es mit der Gesundheit Essig sein kann. Nur vorbereitet hält der Fall der Fälle keine Überraschungen bereit.

Trödelliese: Und sie werden für diese abstruse Tätigkeit sogar bezahlt?

Erster Arzt: Fürstlich, ohne Frage! Wenn der Scheich alles ist, aber Geiz ist ein Fremdwort für ihn. Dabei werden wir obendrein komplett verköstigt, von entsteinten Datteln im Speckmantel bis hin zu Couscous an Kamelfleisch. Uns fehlt es an nichts, nicht einmal an Dreck unter den Fingernägeln und dabei werden wir reicher, als je ein anderer Arzt vor uns.

Muhammad: Wer mit Bananen zahlt, soll sich nicht wundern, wenn Affen für ihn arbeiten, heißt das Sprichwort, das ich mir zu Herzen nehme. Und auch Ihre Bezahlung wird großzügig sein. *(winkt seinen Arzt zurück in die Reihe der anderen)*

Trödelliese: Aber wie kann ich Ihnen dabei helfen, ein Spenderherz zu finden? Jede Brust hat schließlich nur eins. Ich kann mir gar nicht vorstellen, dass sich überhaupt nur ein Freiwilliger dafür finden lässt.

Muhammad: Es soll auch nicht irgendjemand sein. Wenn das mein Ziel wäre, würde es diesen Aufwand nicht rechtfertigen. Nein, ich suche den einen Menschen, der besser ist als ich es selbst augenscheinlich je war, sodass ich mich, wenn mein Herz eines Tages versagt, sogar auf diesen Tag freuen werde.

Trödelliese: Was macht den einen Menschen, der
    Ihrer würdiger ist als Sie, denn aus?
Muhammad: Uneigennutz ist die seltenste Gabe
    aller Tugenden des Charakters. Man könnte
    beinahe davon ausgehen, dass sie ausgestor-
    ben sei und nur in den Überlieferungen des
    Altertums existierte. Doch gibt es sie tat-
    sächlich, so will ich sie ausnahmslos be-
    sitzen! Überall habe ich bereits nach ihr
    gesucht, doch nirgends gefunden. Und wenn
    es unter den Ranghohen niemanden gibt, der
    diese Tugend besitzt, so muss ich die Suche
    bei den Niedrigen fortsetzen.
Trödelliese: Wenn ich Sie so berichten höre,
    wundert es mich schlichtweg nicht die Boh-
    ne, dass Sie bisher ohne jegliche Spur des
    Erfolgs geblieben sind. Für solche Raritä-
    ten ist der Trödelmarkt genau der richtige
    Platz, denn hier findet man alles, was in
    unserer Welt unnütz ist und nicht mehr ge-
    braucht wird.
Muhammad: Ich bin begeistert von Ihrem Enthu-
    siasmus! Nur wer brennt, kann andere ent-
    zünden. Ich empfehle mich somit aufs
    Freundlichste. *(tritt in den Hintergrund
    und setzt sich in einen Rattansessel, der
    mit einem mintgrünen Sitzbezug umspannt ist
    und dessen Ränder goldene Bordüren zieren,
    während die drei Ärzte ihm mit den flachen
    Handflächen Luft zufächeln)*

<u>Akt I Auftritt III</u>

Vorherigen

Trödelliese: *(für sich)* Alles ist käuflich,
    selbst die Krankheiten mitsamt der dazuge-
    hörigen Medizin. Wer hätte das früher ein-

117

mal für möglich gehalten? Wenn der Wahnsinn
nun normal geheißen wird, dann ist nur noch
der normal, der wahnsinnig ist. Ich will
mich aber nicht beklagen, schließlich sitz
ich in der ersten Reihe des Geldzuges,
nachdem ich freiwillig aufgesprungen bin.

Auftritt Helmut

Helmut: Du schaust so fragend, liebste Trödel-
liese. Kann ich dir vielleicht helfen?
Trödelliese: Noch bin ich nicht fündig geworden, denn ich suche ein uneigennütziges
Herz für einen Scheich. Er ist nämlich
schwer krank, müssen Sie wissen.
Helmut: Du könntest nicht richtiger suchen als
bei mir! Ich war immerhin sechzehn Jahre
Bundeskanzler von Deutschland.
Trödelliese: Ach, jetzt wo Sie es sagen,
wusste ich es doch gleich, dass mir Ihr
Gesicht bekannt vorkam.
Helmut: Wer ein ganzes Land regierte, kann per
se kein schlechter Mensch sein. Er hat Füh-
rungsqualitäten! Vier Amtsperioden liegen
hinter mir und die Menschen lieben mich
heute noch für das, was ich einst für sie
getan habe, denn ich formte die geteilte
Republik wieder zu einer Einheit und leite-
te sie durch das Jammertal der ersten Jahre
als Kapitän und Steuermann zugleich. Alles,
was nach mir kam, war purer Kindergarten.
Trödelliese: Mehr nicht?
Helmut: Ich war stets ein großer Befürworter
der internationalen Völkerverständigung.
Mein letzter Coup vereinigte das komplette
Währungssystem der europäischen Union, sodass es nun eine einheitliche Währung für
alle Mitgliedsstaaten gibt.

Trödelliese: Das klingt wie ein Wunder.
Helmut: Es war wesentlich mehr als nur ein
    Wunder, es war ein Traum. Und wer könnte
    uneigennütziger sein, als ein Mensch, der
    das alles bewerkstelligt und sich tagtäg-
    lich aufgerieben hat, um Deutschland und
    seinen Bürgern und damit auch Europa eine
    bessere Zukunft zu ermöglichen?
Trödelliese: Wohl wahr, mir soll es recht
    sein. Aber wieso wollen Sie nun als Spender
    für einen Scheich fungieren?
Helmut: Zum einen kenn ich mich bestens mit
    Spenden aus und bin mit jeglichen Vorgängen
    bestens vertraut.
Trödelliese: Und zum anderen?
Helmut: Nichts, das war es schon.
Trödelliese: Und wenn der Scheich sein Recht
    geltend macht und Anspruch auf Ihr Herz
    erheben sollte?
Helmut: Wenn man bereits eine bestimmte
    Zeitspanne seines Lebens wirken konnte, wie
    man es sich niemals zu erhoffen gewagt hät-
    te, ändert das zwangsläufig die Betrach-
    tungsweise, wodurch die Prioritäten wie
    Eisschollen zu einem neuen abstrakten Ge-
    bilde verschoben werden. Mein Name wurde in
    die Geschichtsbücher eingetragen, keinem
    Schüler der Gymnasien, Mittelstufen und
    Hauptschulen bleib ich erspart. Mein marki-
    ges gutbäuchiges Erscheinungsbild mit der
    hohen Stirn, die weitreichender ist als ein
    Tanzsaal, wurde unzählige Male karikiert.
    Was kann ein Mensch bitte mehr erreichen?
Trödelliese: Das scheint schon fast zu viel
    des Guten. Wenn Sie Spender werden würden,
    hätten Sie und Ihre Familie und damit meine
    ich inklusive deren Enkel und wiederum de-
    ren Kinder finanziell unbegrenzt ausge-

sorgt. Wäre das nicht auch ein kleiner Vorteil?

Helmut: Kein Grund zur Sorge. In den Jahren meiner Regierungszeit habe ich mich zwar nicht von Wasser und trocknem Brot ernährt, aber man versteht trotzdem zu sparen und umzuschichten, sodass man im Alter nicht am Hungertuch nagen muss. Ein Dorf wird erst zur Stadt, aufgrund seiner zahlreichen Seitenstraßen, und die darf man nicht fürchten zu begehen. Du verstehst?

Trödelliese: Das erscheint schlüssig. Wie es aussieht, ist meine Suche bereits nach dem ersten Kandidaten beendet. *(ruft laut)* Ich habe Ihr Herz gefunden!

Muhammad: *(tritt würdevoll heran und mustert)* Alhamdulilah! Das soll er also sein.

Trödelliese: Jawohl, auch wenn die Verpackung etwas überreif ist, werden Sie mit dem Inhalt mehr als zufrieden sein.

Muhammad: Wenn Sie das sagen. Ich verstehe von solcherlei Dingen wenig. Ich gestehe, dass ich mir immer wenig aus Menschenkenntnis gemacht habe. Stets folgte ich dem Credo, dass derjenige, der meine Gegenwart genießen will, die Töne meiner Pfeife zu befolgen hat. Etwaige Änderungen von vornherein inbegriffen. Meine Erfahrungen richten sich daher nach messbareren Grundsätzen. Was übten Sie beruflich aus?

Helmut: Ich war Politiker.

Muhammad: War?

Helmut: Ich bin bereits im Ruhestand, müssen Sie wissen.

Muhammad: Aber ein richtiger Politiker geht nicht einfach nach Hause und hängt seine Krawatte mit Parteianstecknadel in den Schrank und sagt: „Aus, vorbei, ab heute

bin ich wieder Mensch". Politiker zu sein
bedeutet mehr.
Helmut: Da haben Sie schon nicht unrecht. Wenn
man es richtig nimmt, dann bin ich nach wie
vor Vollblutpolitiker.
Muhammad: *(zur Trödelliese)* Bitte, suchen Sie
einen neuen Spender, einen Politiker brauche ich als letztes.
Trödelliese: Jawohl, wird gemacht!
Helmut: Aber wieso? Ich bin doch geeignet als
Ihr Spender, oder etwa nicht?
Muhammad: Politiker sind wie Verbrecher, nur
heißen sie eben Politiker und nicht Verbrecher. Ich kann das gut beurteilen, denn ich
bin selbst einer. Man spielt seine Rolle,
wahrt den Schein, aber wenn das Licht aus
und die Maske abgeschmiert sind, trifft man
diejenigen, die entscheiden, aber nicht
gewählt sind, dafür aber wirklich Politik
betreiben. Und den nächsten Tag steht man
mit dem ganzen Bataillon von Gewählten, die
aber nichts zu entscheiden haben, in Reih
und Glied, einzig dazu da, frech zu grinsen
und das Spiel aufrecht zu erhalten. Wie
kann ein Mann in diesem System uneigennützig handeln und immer noch am Leben sein?
Nein, dann kann ich auch mit meinem Herzen
sterben. *(setzt sich wieder in den Hintergrund)*
Trödelliese: Sie haben es gehört, also aus dem
Weg, Sie sind eben nicht der Eine.

Helmut ab

Vorherigen, Lothar

Trödelliese: Sie haben bestimmt das ganze
   Theater schon mitbekommen, wie ich vermute.
Lothar: Nein, woher sollte ich? Ich weiß nur,
   dass die Vielfalt des Marktes bunter ist
   als jemals zuvor. Was suchst du heute, liebe Trödelliese?
Trödelliese: Ein uneigennütziges Herz.
Lothar: Ich habe zwar nur meines anzubieten,
   das aber ist genau das passende. Todsicher!
Trödelliese: Das sagte mir der Politiker auch,
   aber er hat gelogen. Von wegen einheitli-
   ches Europa. Glücklicherweise hat der
   Scheich mir die Augen geöffnet. Das ist
   alles andere als leicht bei einer Blinden
   wie mir.
Lothar: Bekümmere dich nicht, mein Herz ist
   rein und trotzt jeglichen Prüfungen.
Trödelliese: Die einzige Frage, die der
   Scheich vorhin stellte, war, welchen Beruf
   derjenige ausübe.
Lothar: Jetzt habe ich noch weniger zu be-
   fürchten, denn was könnte es Uneigennützi-
   geres geben als einen Schullehrer? Gegen-
   wärtig sogar Schuldirektor.
Trödelliese: Inwiefern? Erhalten Sie keinen
   Lohn für Ihre Arbeit?
Lothar: Natürlich erhalte ich den, aber kann
   man es wirklich in kleinkarierten Geldein-
   heiten bemessen, wenn man Kinder erzieht,
   unterweist und sie somit auf den rechten
   Weg führt?
Trödelliese: Da ist etwas dran, aber warum
   wollen Sie das alles aufgeben, nur um Spender zu sein?

Lothar: Ich habe mich nicht dazu bereit
    erklärt. Schließlich bin ich nicht mit dem
    Grundsatz auf den Trödelmarkt gegangen,
    dort mein Herz zu verscherbeln, immerhin
    warten am heimischen Esstisch Frau und Kin-
    der auf meine Ankunft. Aber ich lebte schon
    immer nach der Maßgabe, bereit zu sein und
    mich nicht aufzusparen und wenn ich einem
    Greis meine gesunde Hüfte geben könnte, so
    würde ich es tun, ohne mit der Wimper zu
    zucken.
Trödelliese: Klingt für meine Begriffe nach
    einem Ersatzteillager.
Lothar: Nein, ich versteh mich als Baum und
    wenn die Situation es erfordert, dann ver-
    lange ich, gefällt zu werden, dass die Men-
    schen sich aus mir einen Kahn bauen, um die
    nahende Flut zu überleben.
Trödelliese: Biologie und Werklehrer?
Lothar: Nein, Ethik und Sport.
Trödelliese: Dann scheinen Sie tatsächlich
    brauchbarer zu sein, als das vorherige
    Exemplar. Ich bitte meinen abfälligen Ton
    zu entschuldigen, aber der gnädige Herr hat
    mich gebeten, so sorgfältig wie möglich
    vorzugehen, da kann ich auf etwaige Gefühle
    keine Rücksicht nehmen. *(winkt Muhammad
    heran)*
Muhammad: Erzählen Sie von sich.
Lothar: Das meiste habe ich bereits der
    Trödelliese verraten. Ich war mein Leben
    lang Lehrer und gab dabei aus ganzer Seele,
    ohne zu nehmen. Ich habe viele hundert
    Schüler unterrichtet und habe Persönlich-
    keiten geformt, die heute der breiten Öf-
    fentlichkeit ein gewohntes Bild sind. Spä-
    ter übernahm ich die Leitung einer komplet-

ten Schule, um noch mehr Einfluss auf unser
aller Zukunft nehmen zu können.

Muhammad: Haben Sie einen Lehrplan?

Lehrer: Selbstverständlich, der wird vom
Bildungsministerium vordiktiert.

Muhammad: Worauf genau wollen Sie dann Einfluss nehmen?

Lothar: Auf die persönliche Ausprägung des
Charakters meiner Schüler und Schülerinnen.

Muhammad: Für wie viele Schüler tragen sie
Verantwortung?

Lothar: Um und bei abzüglich den durchschnitt-
lichen Krankenstand 29 Schüler bei insgesamt 20 Klassen.

Muhammad: Sie prägen also 580 Charaktere jeden
Tag? Das kann ich mir beim besten Willen
nicht vorstellen oder schlafen Sie etwa
nicht? Hat Ihr Tag mehr als 24 Stunden? Als
Direktor sind Sie maximal ein Verwalter von
Betriebseinheiten, denn mehr als Nummern
sind die Kinder für Sie wohl nicht. Ihre
persönlichen Gefühle, die dafür verantwortlich sind, den einen zu bevorzugen, während
sie andere benachteiligen, einmal außen
vorgenommen.

Lothar: Aber bedenken Sie auch die Persönlich-
keiten …

Muhammad: … die Sie hervorgebracht haben, ich
weiß, denn das sagten Sie bereits. Der Pa-
pagei lernt auch nur die Wörter, die er
gesagt bekommt. Aber wie viele Kinder haben
sich im nächsten Dorfteich ertränkt, weil
Sie sie in die Enge ohne Ausweg getrieben
haben? Wie viele verkaufen nun Drogen, weil
diese in Ihren Augen von Anfang an nicht
mehr wert waren und Sie es nie unterließen
das zu sagen? Wie viele erliegen den teuf-
lischen Lebenszyklen, namentlich den De-

pressionen, aus dessen Strudeln sie kein
Entkommen finden, weil Sie lediglich Ihren
Lehrplan Verantwortung schuldig waren, aber
nicht den Wesen gegenüber, die Sie unter-
richteten? Wie vielen haben Sie das Leben
von Grund auf verleidet?
Lothar: Das lässt sich freilich schwer bemessen.
Muhammad: Alles lässt sich bemessen, wenn man
dafür nur Interesse zeigt. Ihre Schüler
sind wie Orden, so wie Ihre ganze Gutmütig-
keit und alle weiteren guten Taten Ihnen
einen schillernden Brustpanzer verleihen
sollen, vor dem Sie nicht zurückscheuen,
sich damit selbst zu blenden. Alles Gute
war Ihr Verdienst, alles Schlechte hingegen
lag in der Obhut der erziehenden Eltern.
Wie kann so ein Mann uneigennützig sein?
(wendet sich ab zum Zurückgehen) Wir brauchen einen neuen Spender!
Trödelliese: Jawohl!
Lothar: Aber?
Trödelliese: Wie man sich nur in den besten
Menschen täuschen kann.

Lothar ab

Akt I Auftritt V

Vorherigen

Trödelliese: *(für sich)* Ich dachte zwar, dass
es schwierig sein könnte, aber so schlimm
hätte ich es nicht vermutet. Solange aber
noch Menschen auf diesem Markt sind, so
soll meine Hoffnung erhalten bleiben. Aller
guten Dinge sind drei und da ist ja auch
schon die Nummer drei.

Trödelliese: Deine Geschäfte sehen mager aus
wie dein Körper.
Elsbeth: Ach, liebe Trödelliese, dasselbe
Trauerspiel ereignet sich bereits seit Wo-
chen. Manchmal beschleicht mich das Gefühl,
dass ich mit mehr Plunder nach Hause komme,
als ich mitgenommen habe.
Trödelliese: Du bist zu großherzig. Du darfst
den Armen nicht aus Mitleid jeglichen Müll
abkaufen, sonst bist du bald ärmer dran als
sie.
Elsbeth: Aber was soll ich tun? Mir ist zu
Ohren gekommen, dass ein reicher Scheich
anwesend ist. Hast du etwas Derartiges ver-
nommen?
Trödelliese: Und ob!
Elsbeth: Er soll auf der Suche nach einem Herz
sein.
Trödelliese: Wonach auch sonst, ich kann es
bezeugen, so wahr ich seine Vermittlerin
bin.
Elsbeth: Welch Glück! Nun wird alles gut. Du
bist mir doch wohl gesonnen?
Trödelliese: Wie könnte ich das nicht? aber du
machst es nicht ausschließlich des Geldes
wegen, oder?
Elsbeth: Aber natürlich! Wer etwas andres
behauptet, der lügt! Seit über vier Jahren
bin ich eine alleinerziehende Mutter und
Hausfrau. Wenn der Große nicht wüsste, wie
der Gasherd funktioniert und wie er eine
anständige Kartoffelsuppe kocht, müsste ich
fürchten, dass sie mir unter den Fingern
weg sterben wie die Fliegen.
Trödelliese: Dass es dermaßen im Argen liegt,
hätte ich nicht zu vermuten gewagt. Wenn

nicht du, wer dann soll ein uneigennütziges
Herz in sich tragen? Warte einen Moment
(pfeift laut, alles steht still) Hier drüben habe ich einen Schatz gefunden!
Muhammad: Ich bin gespannt. Ein kecker Pfiff
von dieser Tonhöhe kann nur ein gutes Omen
sein.
Trödelliese: Suchen lohnt sich eben immer und
hier haben wir ein wirkliches Pracht-
exemplar, gnädiger Herr.
Muhammad: Sagen Sie, gute Frau, was ist Ihr
Bestreben, Spenderin zu sein?
Elsbeth: Das Geld, nichts brauche ich mehr.
Muhammad: Na nu, das scheint wenig uneigennützig. *(zur Trödelliese)* Da müssen Sie wohl
noch weitersuchen.
Trödelliese: Nicht so schnell, der Herr. Auch
ein Uneigennütziger darf sich der Eigennüt-
zigkeit im Ausnahmefall bedienen, solange
seine Taten selbstlos sind.
Muhammad: Alhamdulilah! Sie sind selbstlos?
Trödelliese: Nun rede schon, genieren ist hier
fehl am Platz. Bei unmoralischen Geschäften
ist Moral nur störend.
Elsbeth: Ich habe drei Kinder und alle wollen
was zu essen. Gott bewahre, wollten sie
irgendwann vielleicht sogar in die Schule.
Muhammad: Dort lernen sie sowieso nichts, was
wichtig ist.
Elsbeth: Und die Mäuler werden immer größer
und bald langt das Brot nicht mehr aus,
dann wollen Sie Butter, später noch Käse
und Wurst und wenn es ganz schlimm kommt
Gemüse und Obst.
Muhammad: Ich verstehe.
Elsbeth: Eine einfache Frau kann das nicht
bewältigen.
Muhammad: Wie denn auch?

Elsbeth: Menschen können noch so grausam sein,
  bei ihren Kindern müssen sie doch erwei-
  chen.
Muhammad: Wer weiß, Mensch bleibt Mensch.
Elsbeth: *(kniet nieder)* Ich bitte Sie um
  nichts weiter, als dass Sie mich als Spen-
  derin akzeptieren. Nehmen Sie mein Herz.
  Wenn sie es nicht wollen, dann will ich es
  auch nicht mehr.
Trödelliese: Nun sagen Sie schon Ja, gnädiger
  Herr.
Muhammad: Alhamdulilah! *(wedelt mit einer
  Handbewegung, die wirkt, als würde er einen
  Zauberstab schwingen).*
Zweiter Arzt: Eine Probe, bitte *(Elsbeth
  spuckt in die Hand des Arztes).* Konsistenz,
  Farbe, alles ist stimmig!
Trödelliese: Das Geschäft ist vollbracht!
Zweiter Arzt: Aber.
Muhammad: Aber?
Zweiter Arzt: Es ist eine andere Blutgruppe
  und daher nicht tauglich.
Trödelliese: Das sehen Sie anhand der Spucke?
Zweiter Arzt: Ich bin Arzt, menschliches
  ausgeschlossen.
Muhammad: Jetzt ist aber Schluss mit dem
  Zauber! *(Winkt den Arzt zurück in die Rei-
  he)* Mein Wort gilt mehr als etwaige Blut-
  gruppen auf dem Papier. Ich habe ein Herz
  gefunden, was zu mir passt, und dabei soll
  es auch bleiben.
Elsbeth: Ich bin Ihnen zu tiefstem Dank
  verpflichtet.
Muhammad: Kommen wir zu den wesentlichen
  Modalitäten des Vertrages. Ihre Familie
  erhält monatlich eine Rente, von denen sie
  sich alles nur Erdenkbare leisten können.
  In drei Stunden reisen wir mit dem Flugzeug

ab. Aus Platzgründen fliegen sie mit den
Ärzten im Personalflugzeug hinterher. Sobald es akut wird, erhalten Sie drei Spritzen. In einer der Spritzen ist das Gift,
welches Sie ohne Beschwerden tötet, in den
anderen eine aufweckende Traubenzuckerlösung. Schließlich weiß man nie, wo die Ope-
ration durchgeführt werden soll und nicht
überall ist aktive Sterbehilfe erlaubt.
Elsbeth: Flugzeug? Was hat das alles zu
bedeuten?
Muhammad: Sie sind direkt meinen drei Ärzten
unterstellt. Keine Sorge, unsere Toiletten
sind geräumig, an Klaustrophobie ist bei
mir noch keiner gestorben.
Elsbeth: Nein, nie und nimmer! Ich dachte, ich
warte in meiner Küche, bekomme einen Anruf,
kann sterben und meine Familie hat ausge-
sorgt, aber so will ich es nicht. *(rennt
auf und davon)*

Elsbeth ab

Trödelliese: Und wieder geirrt.
Muhammad: Suchen Sie weiter! Wenn nicht auf
dem Trödelmarkt, wo dann soll der richtige
Mensch zu finden sein? *(tritt kopfschüttelnd wieder in den Hintergrund)*

<u>Akt I Auftritt VI</u>

Vorherigen
Trödelliese: Ich bin ruiniert. Der Moment, an
dem die Hoffnung stirbt, ist der traurigs-
te, aber wohl realistischste Augenblick,
den man fassen kann. Hüten sollte man sich
in guten Zeiten vor den Armen und in
schlechten Zeiten vor den Reichen, denn wie

bitte soll man in einer verdorbenen Welt zu
Reichtum gelangen? Ehrliche Mittel bringen
einem nichts ein, außer Hohn.

Auftritt Siegmund

Siegmund: Lieschen, können wir nun endlich in
Rente gehen?
Trödelliese: Noch nicht, eine Aufgabe gilt es
noch zu erledigen.
Siegmund: Aber der Abschluss naht?
Trödelliese: Ich weiß es nicht.
Siegmund: Sag mir, was zu tun ist, und ich
helfe dir.
Trödelliese: *(für sich)* Wer weiß. Womöglich
mehr als du denkst. *(laut)* Vielleicht ja
doch. Versprich mir aber, dass du auf alle
Fragen immer nur mit Ja antwortest, dann
sind wir in Nullkommanichts im Ruhestand!
Siegmund: Wenn es dann endlich geschafft ist,
mache ich alles. Du hast mein Ehrenwort,
Lieschen.
Trödelliese: Er kommt. Denk an deine Rolle.
Muhammad: *(tritt enttäuscht nach vorn)* Ich
zweifle nicht an Ihren Fähigkeiten, ich
zweifle nur an den Menschen. Es trübt doch
die Eitelkeit, wenn man auch in negativen
Dingen Recht behält.
Trödelliese: Nicht so missmutig, der gnädige
Herr. Wer denkt denn, dass ein Mann von
Format so schnell aufgibt? Hier habe ich
den passenden Kandidaten gefunden. Was lan-
ge währt, wird immer gut.
Muhammad: Alhamdulilah! Der Trödelmarkt ist
wahrlich ein Makrokosmos. Warum glauben
Sie, dass er der Richtige ist?
Trödelliese: Er möchte einfach nur helfen und
verlangt nicht einmal Geld für sich oder

jemand anders. *(zu Siegmund)* Ist doch richtig?
Siegmund: Ja.
Trödelliese: Er hat kaum in seinem Leben
gearbeitet und hat nur darauf gewartet,
endlich mal nützlich zu sein, stimmt's?
Siegmund: Ja.
Muhammad: Wenn der Mensch einer Sache überdrüssig wird, sie aber nicht abwenden kann,
lässt er es meist geschehen und redet spä-
ter im Nachgang davon, dass alles zum Bes-
ten geschieht. Die Trödelliese hat Sie über
die komplette Prozedur aufgeklärt?
Siegmund: Ja.
Muhammad: *(schreit singenden Tones)* So eilt
heran, meine Helferlein! *(alle drei Ärzte
rennen überhastet nach vorn)*.
Ärzte gemeinsam: Zu Befehl!
Muhammad: Untersuchen!
Erster Arzt: *(legt Stethoskop auf Hintern auf)*
Wenn das Arschl brummt, ist das Herzl ge-
sund! Check!
Zweiter Arzt: *(blickt mit Taschenleuchte ins
Ohr)* Alles zugewuchert, die Zellen arbeiten
noch prächtig! Check!
Dritter Arzt: *(schaut scharf in die Augen)*
Hält Blickkontakt, Blutgruppe somit iden-
tisch und kompatibel! Check!
Muhammad: Alhamdulilah! Wer hätte das gedacht?
Sind Sie bereit, Ihre uneigennützigste Tat
zu vollbringen?
Siegmund: Ja.

*Siegmund mit drei Ärzten ab, die sich beim
Hinausgehen gegenseitig drei Spritzen zuwerfen*

Muhammad: Ich möchte mich von ganzem Herzen
bei Ihnen bedanken. Ihr Tun soll gebührend

honoriert werden, so wie jeder seinen ge-
rechten Lohn erhält.

Muhammad ab

Trödelliese: Jetzt bin ich wenigstens alle
    los. Hat der Mensch nichts, dann ist er
    nichts und hat er alles, glaubt er alles zu
    sein. Wer das Herz jedoch am rechten Flecke
    trägt, der weiß, wie es um ihn bestellt
    ist. Darum achte man stets die Taten ande-
    rer, denn selbst Geld findet keinen Unei-
    gennutz in der Welt.

Trödelliese ab

Hoffnung

Hoffnung hat weder Körper noch Farben
Beliebt zu wandern auf Wegen ohne Narben,
Hoffnung negiert den Kopf, beflügelt das Herz
Und ist darum verbunden mit bitterem Schmerz

Hoffnung ist, dass dem Tag die Nacht folgt
Unbeirrt, auch wenn eignes Blut gezollt,
Hoffnung übertüncht die Fantasie des Traumes
Ist das feste Mauerwerk unseres Hauses

Hoffnung, ein Funke aus erloschener Flamm
Zieht trocknes Heu flugs in seinen Bann,
Hoffnung ist der letzte Tropfen der Wolken
Wars nicht das Feuer, das wir löschen wollten?

Hoffnung ist der Wille zur Änderung ohne Zutun
Denn ewig kann geknicktes Schilfrohr ruhn
Hoffnung haben ist leicht, drum hoffe weiter
Sonst stirbt das Tun, aber du wärst gescheiter

Kredit

Heute liebe Kunden ist einmaliger Ausverkauf!
Ach, wie meinen?
Letzte Woche gab's die gleiche Posse?
Dann legen wir die guten Sitten gleich noch
oben drauf!
Letztlich zählen eben nur Ergebnisse!

Wir verkaufen das Lebenswerte im Leben!
Ach, wie meinen?
Sie sind bereits vollkommen glücklich?
Hat ihre Familie selbst den heilgen Segen?
Das ist für viele bereits ein Abstrich!

Gut, dass es am Preis nicht scheitern soll!
Ach, wie meinen?
Sie haben keinen Groschen?
Aber gerade das ist doch wundervoll!
Ausgerechnet jetzt haben wir Kreditwochen!

Die Zinsen zahlen sie doppelt und dreifach!
Ach, wie meinen?
Das ist Ihnen zu teuer?
Es tut mir leid, ich habe nur laut gedacht!
Das Entdecken der Zahlen wird ein Abenteuer!

Unterschrieben ist, Sie haben alles getan!
Ach, wie meinen?
Sie haben weitere Fragen?
Dann verweis ich Sie gern nach nebenan!
Aber machen Sie mir bloß keine Klagen!

Wie schön, Sie sind schon wieder hier!
Ach, wie meinen?
Die Rate ist viel zu hoch?
Ihr Hausstand ist getauscht gegen ein Bier?
Obendrein ein neuer Nebenjob als Koch?

Ich muss Ihnen leider gestehen,
Nein! Jetzt hilft kein weinen!

Ihre Bonität ist katastrophal!
Beim besten Willen, sowas hab ich nie gesehen
Bitte versuchen Sie es woanders noch ein Mal.

Lüneburger Magnolienmärchen

Im Folgenden bin ich geneigt, ein Märchen nachzuerzählen, welches wie die meisten seiner Zunft, schier unglaublich anmuten mag und daher der Gedanke reifen könnte, einer faulen Frucht auf den Leim gegangen zu sein. Freilich werden die markanten Besonderheiten einer Geschichte im Laufe der Zeit besonders von ihren Erzählern herausgearbeitet, um sich vor Zuhörern profilieren zu können, aber was stört es uns schon, jene, die nur zum Konsumieren über der Erde Grün wandeln? Je mehr Münder zwischen dem ursprünglichen Kleingeist, der Mittelpunkt unserer Erzählung ist, und zwischen uns liegen, desto mehr trübt die Lüge die Reinheit der Sätze, bis eines Tages von einer frei erfundenen Begebenheit gesprochen werden wird, doch um das zu beurteilen, müsste man schon der Verursacher selbst sein. Dennoch sollten wir nicht voreingenommen sein und den kleinen Funken Moral, der in der Geschichte verborgen liegt umso mehr ehren, als dass der unsinnige Rest prunkvoll wie eine Sonne alles überstrahlt.
Wohlan, die Rede ist von einem Jüngling besonderer Klasse, der armen Klasse. Er hatte nichts als die Kleidung, die er am Leibe trug, und die war wahrlich keinen Groschen wert, unterstützte allerdings ungewollt die komödiantische Optik dieses ausgemergelten jungen Mannes - eine Bezeichnung übrigens, dessen er sich nie zu rühmen wusste. Obwohl seine Stirn altersgemäß noch gestrafft schien, zierten zahlreiche Andeutungen von tiefen Fugen die Haut. Ein Labyrinth aus Canyons, welches vom Sand der Zeit noch nicht gänzlich freigelegt war. Die Lippen waren spröde und hoben sich in ihrer Farbe nicht wesentlich von der restlichen Gesichtspartie ab. Wenn man so will, waren die Augen die einzigen zwei Glanzpunkte

an dem ansonsten grauen Wesen. Diese grünen Jade-Juwelen, die hoffnungsvoll aus ihrem schroffen Bergmassiv funkelten und das jugendliche Alter bezeugten, welches geprägt ist von Neugierde, Abenteuern und Naivität. Man könnte meinen, dass dieses auffällige Grün, das mit einigen braunen Tupfern durchbrochen war, mutwillig von der Natur gewählt wurde, um ihn als besonderen Charakter zu kennzeichnen, der eine Ergötzung an allem findet, was die Erde hervorbrachte. Da er zu Gleichaltrigen selten Anschluss fand, gab er nach einigen missglückten Versuchen widerwillig auf, solche Kontakte herbeiführen zu müssen. In der Stadt in der er lebte, namentlich Lüneburg, widmete er seine gesamte Zärtlichkeit den Pflanzen, den Verwandten seiner Augenfarbe, die zur Blütezeit mit einer neuen Farbe besprenkelt wurden. Der heranwachsende Mann war entschieden zu jung und auch zu glücklos, um bereits Eigentum zu besitzen, weshalb ein eigener Garten ein traumhaftes Gebilde seiner Fantasie blieb. Wen wundert es daher, dass er von den Stadtbewohnern der Hansestadt als Sonderling angesehen wurde, der ohne eine Gegenleistung zu erwarten, die hiesigen Pflanzen pflegte, die er ohne Fürsorge wähnte. Er empfand eine tiefe Befriedigung in diesem Tun und auch wenn er als sonderbar galt, hinderte ihn niemand an den selbst auferlegten Aufgaben, weil er niemand Schaden zufügte. So stutzte er beispielsweise die Bäume, solange sie vom Winter her noch entblättert vor ihm standen. In einem exponentiell höheren Maß begannen seine grünen Augen zu glimmen, als die Frühlingszeit mit ihren ersten Vorboten anbrach, um das trostlose Geäst der Büsche mit goldenen Fließen der Forsythien zu zieren. Jeden einzelnen Blütenhut hätte er mit liebvollen Streicheleinheiten bedacht, wenn nicht das leidige Ertönen der Schulglocke gewesen wäre, die tiefschwarze

Schatten in seinem Gemüt hervorrief. Aber diese Erfahrung gehörte der Vergangenheit an. Die Schule galt ihm als ein Hort der unnützen Konditionierung, die die schönsten Kinderköpfe zu glatten Exemplaren vereinheitlichte. Frühzeitig hatte er diese Entwicklung an sich selbst wahrgenommen und von da an diesen Ort tunlichst gemieden, als ob dort die schrecklichsten Folterinstrumente des Mittelalters bereitstünden, um ihn zu quälen. Früher waren Schulen neben Bildungsanstalten auch Zuchthäuser des Körpers, aber da solcherlei Strafen mittlerweile als unwürdig empfunden wurden, spezialisierten sich die Lehrer auf die angreifbare Psyche. Die Schuldigen sind jedoch keinesfalls so leicht gefunden, denn ein Brunnen sorgt noch lange nicht für Wasser. Die Lehrer sind die ausführende Gewalt, die willenlos dem Papier gehorchen und Lehrpläne diktieren an die, die es geschehen lassen. Ein Diktator bleibt nur so lange Diktator, wie es sich das Volk seinen Willen gefallen lässt. Was ein Schüler daran ändern kann? Nun die letzte Frage unseres Hauptprotagonisten, bevor er einen Schulverweis erhielt, lautete: „Wenn wir alle das Gleiche lernen müssen, sind wir dann am Ende alle gleich dumm?" Die Frage war durchaus ernst gemeint, aber der Schulleiter wertete sie als radikalen Angriffsversuch auf das gesamte Bildungssystem. Wenn es um Argumente rar bestellt ist, hilft ein Ablenkungsmanöver, deswegen konnte er ohne großartige Gewissensbisse dem Sonderling die Tür weisen, der darüber kaum traurig sein konnte, denn fortan hatte er Zeit im Überfluss, um nicht nur die strahlenden Forsythienblüten zu liebkosen, sondern auch um seiner Gärtnereileidenschaft vollends nachzukommen. So gerne der Knabe die Stille genoss und seine Pflanzen hegte, so sehr vermochte er nicht einen dunklen Keim aus seinem Inneren zu

jäten. So wuchs in ihm eine ungestillte
Begierde, die er weder einzuordnen, noch zu
deuten wusste. Phasenweise spürte er, wie der
gordische Knoten gelockert wurde, was meist
dann geschah, wenn die besagte Schulglocke,
die früher seinen Grimm weckte, ihre Arbeit
verrichtete und die Schulkinder befreit auf
die Wiesen des Lüneburger Liebesgrundes
rannten. Wild flatterten dann ihre Kleider wie
umherwehende Blüten, die von der Obhut der
Bäume und Blumenstängel in die des Windes
übergeben wurden. Die Smaragdaugen des jungen
Mannes sahen keine Menschen mehr, sondern
prachtvolle Farbkleckse, die zusammenliefen
und wieder auseinander drängten, ohne einem
vorbestimmten Muster zu folgen. Wenn er sie zu
Schlitzen zusammenkniff und seine Gedanken
fokussierte, erkannte er die Locken der
Mädchen, die harmonisch und kokett über die
Wiese flogen und von unschuldigem Kinderlachen
begleitet wurden. Es war schlichtweg das
Paradies auf Erden, in dem kleine Engel von
Traumwolke zu Traumwolke tänzelten, mit der
Absicht ihrer Lust am Spaß zu frönen. Es war
perfekt, wenn sich nicht auch in dieses Bild
schemenhaft Schatten geschlichen hätten, allen
voran sein eigener, die ihn daran hinderte,
mit den Gleichaltrigen in Einklang herumzutol-
len, aber er merkte daran, dass seine Hoffnung
Teilnehmer daran zu sein, nie völlig erstarb.
Lebhaft war seine Vorstellung, wie er im Spiel
ihre seidene Mädchenhaut berührte, die wohl
dem zarten Flaum eines frisch geschlüpften
Kükens gleichen musste. Seine Füße waren aber
mit Eisen ausgegossen, nur deswegen blieb er
unbewegt hinter den Stämmen der Buchen stehen
und beobachtete, anstatt unverhohlen auf das
Leben zuzugehen. Er glaubte, ein schlechter
Mensch zu sein, weil er es damals einfach
nicht besser wusste und machte diese ihm
eigentümliche Abgeschiedenheit von seinem

Schatten abhängig, weil dieser ihm wider
Willen auf Schritt und Tritt folgte. Es ist
das Dunkel, das Verborgene, das Unerklärbare,
was die Menschen fürchten und sein Scheren-
schnitt war sichtlich schwärzer, als derer,
denen er hinterher gaffte. In den Morgen- und
Nachmittagsstunden war sein Schatten im
besonderen Ausmaß präsent und egal wie flink
er die Straßen entlang rannte, Haken schlug
und unvorhergesehen scharf um die Häuserecken
in noch schmalere Gassen einbog, er konnte
seinen Widersacher nicht überlisten. Einmal
war es besonders arg, da schwamm er plötzlich
durch die Ilmenau ans gegenüberliegende Ufer,
aber als er wieder an Land ging und auf seinen
klitschnassen Füßen stand, da war sein schwarzer Gefährte bereits wieder hinter ihm. Die,
die bei dieser Vorstellung schmunzeln müssen,
sei gesagt, dass dieses Verhalten weder
krankhaft noch selten ist. Vielen, so auch
unseren Hauptprotagonisten ergeht es ähnlich,
denn wenn sie nicht wissen, worin ihr Kummer
begründet liegt, verstärkt sich dieser darum
umso mehr, bis der aufgestaute Frust gewaltsam
extrahiert und in ein sichtbares Gefäß ver-
bannt wird. Sobald ein Umstand Gestalt annimmt, ist er personifiziert und verkommt zum
Träger aller Sorgen, die der Person auf den
ersten Blick unlösbar erscheinen. Man darf
dieses Laster tadeln, ihm hingegen aber nicht
zürnen, da es uns von Natur aus gegeben ist
und seinen Zweck erfüllt, aber wer vermag das
einzusehen?
Gesenkten Hauptes schritt der Jüngling über
die Pflasterstraßen Lüneburgs. Er ging dabei
so langsam, dass er die zurückgelegten Steine
zählen konnte. Da er aus bekannten Gründen
heraus einen begrenzten Schatz an Zahlen
nennen konnte, begann er nach der zehnten Zahl
wieder mit Eins. Ein Umstand, der ihn wenig
betrübte, da er ohnehin schlicht Ablenkung von

den Eindrücken suchte. Auf diese Weise erreichte er unfreiwillig den Rathausplatz,
welcher durch das wöchentliche Markttreiben
mit reichlich Andrang übersättigt schien. Er
lief durch die Besucher und die Händler
gleichermaßen hindurch, als wäre er ein Geist
und inexistent, bis er die komplette Marktku-
lisse hinter sich ließ und das Lärmen der
Masse allmählich abebbte. Durch eine ungeahnte
Kraft spürte er die Beklemmung, die ihm ein
unweigerlicher Aufmarsch dieser Dimension
bescherte, abgleiten, wodurch er den Kopf hob,
als könnte er erstmals wiedersehen. Für wahr,
was er nun erblickte, veränderte sein ganzes
Leben, denn nie sah er das monumentale
Holzportal zum Rathausgarten geöffnet stehen.
Für ihn war es das ominöse Lustfleckchen der
hiesigen Beamten. Doch bevor er abwägen
konnte, ob er dazu befugt sei, schlüpfte er
bereits hindurch und schloss sogleich das Tor.
Viele Antworten hätte er darauf geben können,
was er hier im Verborgenen vorfinden würde,
aber nicht jene, die ihm die Realität bereit-
willig ausbreitete.   Er fand einen Garten
Eden, der hinter der Ziegelmauer verborgen
lag. Seine Augen leuchteten grüner als sonst,
als er den Innenraum andächtig betrat und
überwältigt wurde von einem Anblick, der
schwerlich beschreibbar anmutete und ihm bis
auf den tiefsten Grund seiner Seele hinab
spiegelte. Wie konnte eine solche Oase inmitten dieser Stadt, wo das Trampeln der Menschenflut jeden Ort bereits erkundet haben
müsste, unentdeckt bleiben? An die roten
Quader des Gebäudes drängten sich grazienhaft
drei Magnolienbäume in voller Blüte, die fast
so hochgewachsen waren, um mit dem Dach des
Rathauses in Wettstreit zu treten. Der unge-
heuren Last der Äste wurde Schuldigkeit mit
zusätzlich angebrachten Stützen erwiesen, die
die Bäume gerne annahmen. Aus der Blütenkrone

des hinteren Baumes trat ein liliputanisches Türmchen hervor, das scheinbar mehr von dem rosafarbenen Meer als von dem alten Mauerwerk getragen wurde. Der junge Mann wagte kaum zu atmen, aus Angst, er könnte diesen magischen Moment wie einen Traum beim Erwachen entwischen lassen. Ein Gefühl der Schwerelosigkeit erhob seinen Körper in eine unbekannte Sphäre – am ehesten vermag das oft inflationär gebrauchte Wort Glück seinen Zustand zu beschreiben. Ein schmaler Weg führte den Jungen unter die drei prallen Schönheiten, die allein für ihn ihre vollkommene Pracht entblätterten. In feinen Nuancen blasste das Rosa aus, bis es an den Spitzen ein Weiß offerierte, so edel und anmutig wie die schönsten Marmorzimmer in den Schlössern Frankreichs. Er streichelte die feisten Blütenblätter, die ihn unweigerlich an die Haut der jungen Mädchen erinnerten, die er sich ebenso weich immer vorgestellt hatte. Mit liebevollem Leichtsinn zupfte er eines ab und steckte es als Andenken in die Innentasche seiner zerschlissenen Weste. Langsam ließ er die Schwerkraft geschehen und sackte zurück in die Wiese, welche von einem Tulpenbeet bekränzt ward, und drückte die Hand fest an seine magere Brust, als ob er zu einem patriotischen Gruß in den Himmel ausholen wollte. Tief einatmend begrub er dieses heilige Bild in sich und wollte als nächstes seinen süßen Balsamgeruch konservieren, in dem er in eine Meditation verfiel, die ein plötzlich lauter werdendes Rascheln in den Bäumen störte. Aufgerichtet, versuchte der Bursche den Unruheherd, der die Waage des Friedens aus der Balance brachte, auswendig zu machen und sah ein rotbraunes Eichhörnchen unruhig von Ast zu Ast springen. Jegliche Versuche es von den Magnolien zu verscheuchen, blieben erfolglos bis die Hetzjagd ihr jähes Ende fand und der Jüngling erschöpft an einer

Verdickung der Äste innehielt und verschnaufte. Da kam das Eichhörnchen immer näher und näher bis es schließlich eine Ellenlänge von ihm entfernt hockte. Die Niederlage war besiegelt, weswegen das Eichhörnchen sich erdreistete, nochmals näher zu rücken, bis es den Arm des Jungen berührte. Er schaute dem kecken Wesen ins Antlitz und verlor die innere Aufruhr in den tiefschwarzen Augen und fand auf einmal das Tier nicht mehr störend, sondern sogar außerordentlich willkommen.
Wie wollte er aber seinen Ohren glauben, als das Eichhörnchen unvermittelt zu sprechen begann: „Du armer Junge! Wie sehr tust du mir leid! Vorhin konnte ich dich bereits im Park erspähen, wie du verstohlen hinter den Baumstämmen die Kinder angestiert hast und obwohl du im gleichen Alter bist, doch nicht zu ihnen gehörst. Ich vermag nicht zu beurteilen, welche Freuden dir wohl verborgen bleiben in deinem Eremitendasein, denn die Gesellschaft sorgt für das Wohl aller, die sich an ihr beteiligen. Aber was machst du schon? Du pflegst die Pflanzen der Straße, die dir Freude bringen, weil es deine Passion ist. Was tust du aber für die anderen? Höre auf mich und dir werden keine Genüsse verborgen bleiben!"
Der Angesprochene antwortete verdutzt: „Ach, mein kleiner Freund. Es hilft nichts. Die Suppe, die einem das Leben gekocht hat, gilt es auszulöffeln, ganz gleich, wie scheußlich sie auch schmecken mag. Da kann mir leider niemand helfen, der auf dieser Erde lebt. Ich bin intelligent genug, um zu wissen, dass mein Schatten, der mich unentwegt verfolgt, an all dem schuldig ist. Meine schlechten Charaktereigenschaften sind in ihm verborgen und eben darum meiden mich die anderen Kinder und Menschen, weil sie es wissen und daraus erlesen können, dass ich schlecht bin."

„Vielleicht", fuhr das Eichhörnchen fort, „hast du recht. Du benötigst eine Macht, die stärker ist, als die gebündelten Kräfte dieser Erde, um dein Schicksal endlich ins Licht zu biegen. Meiner Gestalt nach wirst du es mir nicht glauben, aber eben ich bin nicht weniger als diese Macht, die dich aus deinem Elend befreien kann. Und wie die Schicksalsgöttinnen ihr verworrenes Netz weben, so haben sie uns hier zusammengeführt, denn ich benötige das, was du abzugeben verlangst – deinen Schatten."
Noch erstaunter als zuvor wurde das Eichhörnchen mit folgenden Worten unterbrochen: „Meinen Schatten? Wieso sollte jemand mein Böses aufnehmen?"
Lachend quietschte das Tier zurück: „Ach, du bist ein Dummkopf! Niemand hat dir jemals etwas Gutes getan und eben darum glaubst du, dass es keine uneigennützigen Taten gibt? Es gibt einen kosmischen Ausgleich für Ungerechtigkeit und ich bin sein kleiner Helfer. Vertraue mir und du wirst fortan schattenlos sein und die Mädchen auf den Wiesen werden mit ihren bunten Kleidern dich umtanzen, als wärst du ein Gott!"
„Wohlan!", erwiderte der Junge, der sich schon halbabwesend wirklich solcherlei Illusionen hingab. „Sprich, was ich dafür tun muss!"
Mit unverkennbarer Freude, einen so überraschend treffsicheren Anker des Erfolges geworfen zu haben, sprach das haarige Geschöpf: „Du legst dich wie vorhin in die Wiese und verschmilzt mit deinem Schatten zu einer Person. Die Sonne wird dir die Augenlider schwerer und schwerer machen, wehre dich nicht dagegen und lasse es geschehen, denn der Schlaf wird dich vom Unliebsamen befreien. Der Schatten gehört von da an mir. Wie soll ein Wesen wie ich, welches eine derart teuflische Macht innehat, sich mit einem solch mickrigen Schatten zufriedengeben, der mir von Geburt an

beschieden ist? Ich möchte dir aber, um auch den letzten möglichen Zweifel zu zerstreuen, aufzeigen, dass ich es wirklich gut mit dir meine, denn ich gebe dir ohne Widerrede sofort deinen Schatten zurück, wenn du danach verlangst. Einzig benötige ich für diesen Zweck einen anderen Pfand, der zu dir gehört, wie dein Schatten und den du in diesem Moment bei dir trägst."

Es geschah wie vom Eichhörnchen vorhergesagt und der Junge fiel in einen tiefen Schlummer und als er daraus erwachte, war jede Spur seines vermeintlichen Wohltäters verschwunden. Seine Glieder schmerzten vom Kopf bis zum Zeh, als ob er einen Sturz erlitten hätte. Die Nacht vertilgte den Tag, sodass ein fadenscheiniger Hauch vom Lichte der Straßenlaternen über die Mauern strahlte. Was einst der Garten Eden war, war nun ein gespenstiger Ort, der seinen natürlichen Prunk zum Preis des Ruhens aufgegeben hatte. Vom Schlaf benommen, torkelte der Junge den Marktplatz entgegen, der in zwischen leergefegt im Schweigen lag. Wenige Stunden waren vergangen, doch so viel geschehen. Er fühlte ein ganzes Leben, das verstrich, aber ein Bedauern über die Verflossenheit schuldig blieb. Der junge Mann ist dabei jedoch keineswegs erwachsen geworden, obschon er unglaubliche Erfahrungen sammelte. Von diesem Standpunkt aus betrachtet, gibt es keine Erwachsenen, sondern ausschließlich Kinder mit geringerem oder vollerem Erfahrungsschatz, denn welches Maß muss jemand erreicht haben, um als erwachsen zu gelten – sind es die Altersjahre? Der Wissensstand? Hängt dieser Umstand vielleicht mit der Körpergröße oder gar dem Gewicht zusammen? Diese Fragen konnte unser naiver Kleingeist nicht beantworten und würde es nicht gewollt haben, denn für den Moment befand er sich in einem Delirium der endlosen Freude, denn als

er im künstlichen Licht einer Laterne wandelte
und an sich hinabblickte und dabei keinerlei
Schatten feststellte, wurde ihm klar, dass der
Traum real war. Das Eichhörnchen sprach also
tatsächlich die Wahrheit!
Niemand würde dem Protagonisten seine riesige
Freude verübeln, die verhinderte, dass er in
dieser Nacht kein Auge zu tat. Mit Ungeduld
würde er das Klacken der Sekundenzeiger
mitzählen, wenn er denn eine Uhr besäße,
natürlich im gleichen Schema, wie er auch
Pflastersteine zu zählen pflegte. Als endlich
die heißersehnte Sonne über den Baumwipfeln in
die Höhe quoll, wusste er, dass sie seinem
Warten ein Ende bereitete. Dieser angebrochene
Tag sollte der Anfang eines neuen Lebens
markieren, ohne Schatten, ohne schlechte
Charaktereigenschaften, ohne Kummer und ohne
Alleinsein! Vergnügt und mit der geschwollenen
Brust eines Selbstbewussten sprang der Junge
von einem Bein aufs andere den üblichen Weg
entlang. Wann immer er zu seinen Füßen äugte,
konnte er nichts sehen, was ihn überaus
glücklich stimmte. Die Pflanzen, welche er
sonst zu gießen und zu stutzen pflegte,
ergatterten heute lediglich sein Desinteresse,
viel mehr war er darauf erpicht, sein neues
Wesen unter die Menschen zu mischen und einen
erneuten Angriff auf deren Wohlwollen zu
starten. Die Einwohner, die ihn kannten,
grüßten lakonisch, ohne seine Veränderung
überhaupt bemerkt zu haben, selbst das fröhlich lachende Antlitz konnte sie nicht dem
Gedanken einer Veränderung näherbringen. Sie
kannten das Wunder freilich nicht, welches
sich für ihn ereignete, weswegen er für die
Menschen der gleiche Sonderling als vordem
blieb. Für das, wofür die Leute kein Interesse
hegen, sind sie etwaigen Veränderungen demsel-
ben gegenüber eben so wenig aufgeschlossen.
Stückchen für Stückchen bröckelte die anfäng-

146

lich neue Welt um das zarte Kinderherz auseinander. Der Junge spürte, wie die trotzigen Blicke ihm mehr Verunsicherung eingaben und der Stich einer Nadel sein Ego kitzelte. Dennoch blieb er aufrecht stehen und versuchte sein Glück im Liebesgrund, dem Park, der wie eine Talsohle neben der alten Stadtmauer Lüneburgs entlang drängt. Da hörte er es, das Läuten der Schulglocke! Er beobachtete die Deern mit ihren bunten Kleidchen, wie sie an ihm vorüber rannten. Seinen Mut gesammelt, trat er hinter dem Baumstamm, aus seinem sicheren Versteck, hervor als der neue Mensch, der er war und rannte unvermittelt auf die Mädchen zu, die ihn warm in ihrer Mitte willkommen hießen – Vorurteilsfrei, wie es Kindern eigen ist, während diese Eigenschaft mit zunehmenden Alter bis zur völligen Negation abstumpft. Worin war seit je also sein Unmut begründet? Hatte er die Signale lediglich missdeutet?

Nur das Posaunenspiel der Engel fehlte ihm zu seinem holden Glück und als er die Augen schloss, vermochte er sogar sie in weiter Ferne erahnen. Als er seine Katzenaugen auftat, tanzten vier Feen Hand in Hand um ihn herum und just in dem Augenblick, wo er einen Arm ausstreckte, um endlich das echte Gefühl der warmen glatten Haut zu spüren, fing eines der schönen Geschöpfe zu schreien an, als ob es gemeuchelt wurde. Er griff nach ihr, doch sie riss sich los und rannte weg, die anderen folgten ihr zugleich. Als der Knabe ihnen hinterherrannte, zeigten die Aphroditen richtend mit dem Finger auf ihn und bezeichneten ihn mit angstvollen Mienen als Ungeheuer, da er, wie sie bemerkten, keinen Schatten hinter sich trug und darum anders war als sie. Ein Gericht aus Kindern ist nicht weniger grausam, als wenn die Todesstrafe ausgesprochen würde. Ihr Urteil ist unwiderruflich und steckt einer Lanze gleich tief im Fleisch seines Opfers. Tropfen für Tropfen verliert es den Lebenssaft, stirbt aber nicht daran, so wie die Narbe bis in alle Ewigkeit die Haut ziert. Von da an traute sich der Junge nie mehr in die Nähe jenes schicksalhaften Parks aus lauter Angst vor einem erneuten Wiedersehen mit den Mädchen. Er vegetierte in seinem Bett dahin als seelenlose Masse. An dieser Stelle ist nicht überliefert, ob er dadurch in einen krankhaften Zustand verfiel, oder ob der Kummer sein Wärter war, der ihn untersagte seine Stube zu verlassen. Die eigene Intuition hatte ihn schändlich verraten und beim Nachdenken kam ihm der Handel mit dem Eichhörnchen in den Sinn und er fragte sich unweigerlich, welche negativen Charaktereigenschaften er überhaupt besessen hatte, die seinem Schatten anhafteten und ihn nun nicht mehr belasten sollten. Die gesamte Schwere der Melancholie trieb ihn in gefährliche Tiefen. Wie gut kennen wir all diese abgrundtiefen Schlunde, aus denen es kein Entkommen gibt und selbst die glitzernde Wasseroberfläche ein Sündenpfuhl des Bösen ist und keine Hoffnung spendet. Einen letzten Versuch musste er wagen, denn sein Streben konnte nicht zu Grunde gehen, aufgrund eines Missglücks. Erstmals ward er gesehen als er 'Am Sande' entlang schlenderte, ein hanseatischer Prachtplatz ganz im Stile der Backsteingotik, die diese Stadt zu einem Zentrum der Kultur für Kaufleute und Arbeiter gleichermaßen gemacht hatte. Jedoch hätte er ihn nie betreten, wenn es nicht bereits dunkel gewesen wäre. Jede Laterne und jedes noch so kleine Lichtchen gab seine Unvollkommenheit preis, die ihm die Beine schwerer machten. Eine Gruppe angetrunkener Studenten schritt an ihm vorüber und selbst in ihrem vernebelten Zustand blieb ihnen die Sonderbarkeit des Knaben unverborgen. Ehe er erneut fliehen konnte, traten sie in schallendem Gelächter auf ihn ein wie auf einen Hund, denn Andersartigkeit gehört bestraft in der menschlichen Gesellschaft. Solange man nur behauptet, anders zu sein, wird es ohne Aufsehen geduldet, doch wehe, wenn die Tat dem Worte folgt! Geschlagen und geprügelt zog sich der Junge mit blauen Flecken und Blutergüssen auf die alte Brücke beim Stintmarkt zurück. Hier befindet sich einer der schönsten Ausblicke der Stadt, aber was half das einem Blinden? Traurig schaute er zu den hübschen Gaststuben, aus denen lautes Gelächter schallte und wie damals, als er hinter Bäumen seine Begehrten begutachtete, war er auch heute wieder außen vor. Er hatte seinen Schatten verkauft und musste einsehen, dass es selbst zu einem Schatten verkommen war. Richtig genommen war es nun sogar schlimmer um ihn bestellt, denn vor seinem unüberlegten Handel, wurde er wenigstens in seiner Hingezogenheit zur Natur akzeptiert. Aber das letzte Grün ist verdorrt, obwohl die Trauerweiden nie prächtiger aussahen als zu jener Stunde, doch wie konnte es sonst erklärbar sein, dass der Baum, der seine filigranen Zweige mit der Strömung der Ilmenau verband, nicht im Geringsten den Jungen mit seiner Magie zu bezirzen wusste?

Die Sommermonate vergingen wie im Fluge und die Welt drehte sich, so wie sie es immer tut und tobt auf ihrer Haut der fürchterlichste Krieg, sie dreht sich weiter ohne Unterlass. Die Hauptfigur, die nicht mehr als ein Pickel dieser Haut darstellte, vermochte daran nichts zu ändern. Sein schmerzhafter Ausflug zeigte ihm das deutlicher denn je und so wurde seine Zurückgezogenheit zu einer Manie. Eines Tages brach der revolutionäre Keim des Willens, der in jedem von uns schlummert, auf und zwang ihn selbstreflektierend eine Entscheidung zu treffen. Wenn der junge Mann schon ein Leben fristen musste, welches er nicht begehrte, dann wollte er wenigstens das wählen, was ihm weniger Kummer bescherte und dass ihm zumindest partiell süße Freudentaler auszahlte.

Es war der Morgen, an welchem der erste Schnee fiel, an dem der Junge seine Schuhe schnürte und entschlossen jenen Garten im Hinterhof des Rathauses aufsuchte, der sein Dasein für immer verändert hatte. Er überlegte, wie er über die Mauer gelangen könnte, aber er hatte Glück, denn das Portal stand wie einst offen und hieß ihn Willkommen einzutreten. Entblättert standen dort die drei Magnolienbäume, die trotz ihrer Kahlheit nichts von ihrer Ehrfurcht vermissen ließen. Sie waren splitternackt, was die Wirkung, den die dicken Stämme verursachten, nicht wesentlich minderte, aber wie alles, was zum zweiten Mal gesehen wird, steht der zweite Eindruck weit hinter dem ersten zurück und kann in keiner Relation das Überraschende, das Reizende des Auges, welches Wunder zu Realität werden lässt, wiederherstellen. Er trat näher und es dauerte nicht lange, als der Junge das Kratzen kleiner Krallen im Geäst über sich wahrnahm. Da die Sonne gerade über den Dachgiebel in den Innenhof schien, erkannte er seinen eigenen Schatten, an dessen Füßen jedoch nicht sein Körper haftete, sondern der des Eichhörnchens, das ohne große Spielerei auf ihn zu kletterte und sprach: „Du armer Junge! Wie sehr tust du mir leid."

Harsch unterbrach der wütende Jüngling den winzigen Wicht und fuhr ihn an: „Spare dir dein falsches Mitleid! Du, der du mich in diese Situation erst gebracht hast. Alles, was ich hatte, habe ich verloren, und alles, was ich nicht besaß, besitz ich noch immer nicht. Du hast meine Schwäche ausgenutzt und dich bereichert. Mein Glück war dir doch völlig gleich." Als das Kind schluchzend seine eigene Rede unterbrach, erwiderte das Eichhörnchen hämisch: „Wer wollte sich denn seines Schattens entledigen, weil er glaubte, dass dieser jegliches Böse beinhaltete? Wer hat in den Handel eingewilligt? Ich bade meine Pfötchen in Unschuld, denn mein Trachten war lediglich darin begründet, dir eine glänzende Zukunft zu ermöglichen. Was du aus ihr gemacht hast, dafür bist du verantwortlich, nicht ich! Warum ließest du dich auch von den ersten Niederlagen entmutigen? Nun bist du ein armer Tropf und verpönt von jedem, der dich zu Gesicht bekommt. An den Blumen und Bäumen vermagst du dich ebenso wenig mehr zu erfreuen und jetzt erdreistest du dich, mich als einen Teufel darzustellen?"

„Der Teufel liegt eben im Detail. Die Hörner fehlen dir noch zur Vervollständigung anstatt deiner weichen Pinselohren! Nur aus Eigennutz hast du mich überzeugt, um dich jetzt mit meinem Schatten zu schmücken!", brach es aus dem Jungen heraus, doch wieder lachte das Eichhörnchen: „Schmücken? Wohl kaum, deine hagere Gestalt bildet eine geringe Aufwertung. Neulich auf der Weide versuchte ich intensiv eine dumme Kuh zu überzeugen mir ihren Schatten zu vermachen, denn dieser wäre meiner gerechter gewesen, aber selbst dieses Vieh war letztlich klüger als du!"

„Halt ein", schrie der Betrogene erbost. „Ich möchte nicht diskutieren. Du hättest mir die Folgen leicht auseinandersetzen können, immerhin bin ich noch ein halbes Kind. Wie dem auch sei, ich komme auf dein Angebot zurück und fordere hiermit zurück, was mir gehört. Gib mir meinen Schatten zurück!"

Ruhig sagte darauf das Tier: „Nur weil du dich ein Kind schimpfst, wenn es dir passt, darfst du trotz alledem vernünftig sein. Unwissenheit schützt vor Strafe nicht. Schreibe dir das hinter deine Lausbubenohren. Aber ich bin gerne bereit, den Handel rückgängig zu machen. Erinnerst du dich?"

„Beende einfach diese Narrenposse.", erwiderte der Junge flehentlich.

„Damals war die Bedingung, dass du mir als Gegenleistung etwas überlässt, welches genauso zu dir gehört wie dein Schatten und den du zum Moment der Verwandlung bei dir getragen hast."

„Aber", ertönte die zitternde Stimme, „was kann ich dir geben? Egal, was du verlangst, es wäre wohl mein Tod! Alles, was ich ablegen könnte, ist meine Kleidung und auch diese benötige ich als Schutz vor der kalten Jahreszeit."

Beide hielten nachdenklich inne und plötzlich brannte das Herz in der Brust des Knaben, weshalb er schicksalhaft an jenes Blütenblatt erinnert wurde, welches er betört von dessen Schönheit von einem der Magnolienbäume abgezupfte. „Ich willige ein. So denn erhalte hiermit dein Pfand!" Mit dem Aussprechen des letzten Wortes überreichte der Junge lächelnd dem Eichhörnchen die verwelkte braune Blüte, als Zeichen der Natur, die zu ihm gehörte wie ein Schatten. Gefoppt wusste das Tier der Magnolie seinen Herkunftsort zuzuordnen und erkannte, dass sein Kunstgriff gescheitert war, dabei gierte es nach mehr Menschwerdung. Voller Wut über seine Niederlage überschlug sich das flinke Tierchen in den Kronen der kahlen Bäume und hielt dann schlagartig an und stellte die schwarzen Schnurrbarthaare zu einem Lächeln auf „Du hast gewonnen! Ich gebe dir deinen Schatten zurück. Leg dich auf den nassen Boden. Die Sonne wird dir die Augenlieder schwerer und schwerer machen, wehre dich nicht dagegen und lasse es geschehen, denn der Schlaf wird dich vom Unliebsamen befreien."

Der Knabe gehorchte und legte sich auf den schneebedeckten Boden und schlief ein.

Die Moral von diesem Märchen ist leicht erklärt, denn wer auch das vermeintlich Schlechte an sich selbst nicht ehrt, ist das Gute allemal nicht wert!

Neujahrsansprache
Komödie in einem Akt

Personen:
Fernseher, Ausgangspunkt vieler bewegter
Bilder in Farbe
Ole, ein Ehemann
Silke, seine Frau
Kai, ein uneingeladener Freund des Hauses
Verwandte, nahe stehend, aber dennoch unbe-
kannt

Akt I

Wir befinden uns in einer Durchschnittswohn-
stube einer deutschen Kleinfamilie in Hamburg.
Der Widerhall der Sektkorken ist noch nicht
ganz verklungen, denn obwohl keiner der
anwesenden Sekt besonders mag, gibt es ihn
dennoch einmal im Jahr. Natürlich nur den
Billigfusel aus dem nahen Supermarkt, denn
Meinungen gehören sich bestätigt zu wissen.
Dieser besondere Tag ist, wie sollte es auch
anders sein, Silvester und da die Flasche
bereits geöffnet und halb leer dasteht, liegt
der Verdacht nahe, dass die Zeiger der Uhr vor
nicht allzu langer Zeit auf einen neuen Tag
umgesprungen sind. Was die Uhr allerdings
nicht weiß, ist, dass sie damit automatisch
ein neues Jahr eingeläutet hat. Traditionell
wird das Fernsehprogramm auf einen der öffentlichen Kanäle umgeschaltet, um sich erst über
die
Farben des Feuerwerks über dem Brandenburger
Tor zu freuen und doch gleichzeitig zu
monieren, dass sich die Verantwortlichen im
letzten Jahr doch noch mehr Mühe gegeben
hatten;
und im Anschluss der Neujahrsansprache der
Bundeskanzlerin zu lauschen.

Fernseher: Liebe Bürgerinnen und liebe Bürger,
    ein aufregendes Jahr liegt nun hinter uns
    und wir können stolz auf das Vollbrachte
    sein und hoffnungsvoll in die Zukunft se-
    hen, auch wenn es nicht immer leicht gewe-
    sen ist. Das Wichtigste ist, dass die Ar-
    beitslosenzahlen auf einem Rekordtief ste-
    hen, die Staatsschulden verdreifacht werden
    konnten, es nur minimale Steueranpassungen
    gab und jeder Bundesbürger in seinem Haus-
    halt in jedem Raum eine persönliche Toilet-
    te vorfindet. Ich wäre allerdings eine
    schlechte Bundeskanzlerin, wenn ich mich
    mit den Lorbeeren der Vergangenheit bekrän-
    zen würde, daher ist es mir ein dringendes
    Bedürfnis, mehr für die Bürger und Bürge-
    rinnen dieses Landes zu tun und damit auto-
    matisch auch für Entlastung zu sorgen, da-
    her ist mein erklärtes Ziel, so schnell wie
    möglich eine Zweittoilette in jeder Räum-
    lichkeit der Republik zu installieren. Es
    gab bereits vergleichsweise Modelle, die
    mit Erfolg durchgesetzt wurden. Man erinne-
    re sich an das Experiment Fernseher. Erst
    gab es nix, dann ein Schwarz-Weiß-Gerät,
    später in Farbe und schließlich wurden sie
    so dünn wie Briefpapier. Dies ermöglichte
    uns in jeder freien Lücke der Wohnung einen
    Fernsehapparat anzubringen, bis sie
    schließlich zu mobilen Unablässigkeiten
    wurden, um damit für sinnvollen Informati-
    onsfluss zu sorgen. Ich freue mich auf das
    neue Jahr. Ihre Bundeskanzlerin.
Kai *(beschaut freudestrahlend die Toilette,
    die im Wohnzimmer genau neben dem Sofa
    steht)*: Wir können wahrlich von Glück re-
    den, eine derart fürsorgliche Bundeskanzle-
    rin zu haben. Sie denkt wirklich an alles
    und begnügt sich selten mit wenig.
Ole *(skeptisch)*: So wird es zumindest erwar-
    tet.

Kai: Glaubst du nicht, dass die Bundeskanzlerin unser Bestes will?
Ole: Ich glaube daran, dass sie es gesagt hat,
  jedoch ist Glaube im weiteren Sinn wie ein
  Storch auf einer Eisfläche - einfach lä-
  cherlich! Humbug, der zu nichts führt.
Kai: Du siehst zu sehr Schwarz-Weiß! Wie sagte
  sie doch gleich, die nächste Erhebung war
  die Farbe, also lern einfach in Farbe zu
  sehen, dann stört deine Skepsis nicht unsere Unterhaltung.
Verwandte *(blickt süffisant lächelnd in die
  Runde)*: Ich muss dem fremden Herrn recht
  geben. Überlegt doch, welche zeitliche Er-
  sparnis daraus resultiert. Ihr habt momen-
  tan Wohnstube, Schlafzimmer, Küche mit Abstellkammer und Badezimmer. Das macht also
  genau fünf Toiletten. Sobald das neue Gesetz verabschiedet wurde, könnten es sogar
  zehn sein; natürlich nur gesetzt dem Falle,
  dass es eine logistische Lösung für die
  Abstellkammer gibt. Das heißt bei einem
  Besuch von zehn Menschen könnten alle zeitgleich auf Toilette gehen. Wenn derzeit
  jeder geschätzt drei Minuten auf dem Kloset
  verbringt, ist dies eben jene Zeiterspar-
  nis, die die Gäste und auch ihr nicht warten müsst zur Fortsetzung des Abends.
Silke: Ich hege Zweifel, ob wir es jemals
  darauf anlegen, so viele Gäste in diesen
  Räumlichkeiten beherbergen zu wollen.
Verwandte: Das liegt aber nicht an den Räumlichkeiten, sondern an euch. Mehr muss ich
  dazu wohl nicht sagen. Am Hauptbahnhof und
  in der Mönckebergstraße tummeln sich täglich Millionen von Menschen. Das sind alles
  Leute mit vorwiegend funktionierender Darm-
  flora und damit auch potenzielle Gäste.
Silke *(beleidigt)*: Vielleicht hätten wir ja
  dann die Möglichkeit uns unsere Gäste
  selbst auszusuchen.

Kai: Ich verstehe die Anspielung sehr wohl!
    Mich kann das jedoch nicht treffen, denn
    ich war gerade auf der Ecke und an einem
    feierlichen Tag wie heut, wo das neue Jahr
    begrüßt wird, ist es doch schön, beisammen
    zu sein *(peinliches Schweigen setzt ein)*.
    Hattet ihr bereits überlegt, was ihr mir
    schreiben wolltet als Neujahrsglückwünsche?
Ole: Wahrscheinlich hätten wir geschrieben
    „Wir, Silke und Ole, wünschen dir ein ge-
    sundes neues Jahr!"
Kai (beeindruckt): Sehr klassisch, ich bin
    wahrlich beeindruckt von eurer Fantasie.
Verwandte: Und was hätte ich bekommen?
Ole: „Wir, Ole und Silke, wünschen ein gesun-
    des neues Jahr!"
Verwandte: Das ist ja aber fast das gleiche.
    Nur die Namen und das Personalpronomen sind
    ausgetauscht.
Silke *(gönnerhaft)*: Es gibt eben nicht zu
    jedem Menschen etwas zu sagen.
Verwandte *(steht beleidigt auf und sieht sich
    um)*: Das muss ich mir nicht gefallen las-
    sen! Wo ist hier eigentlich die Toilette?
Ole: In jedem Raum wirst du eine finden. Um
    Zeit zu sparen, kannst du dich auch gleich
    hier direkt neben uns erleichtern.
Verwandte: Ich bin doch kein Tier!
Ole: Es spart aber genau drei Minuten, bis wir
    die Unterhaltung fortsetzen können.

(Verwandte verlässt schnaubend das Wohnzimmer)

Kai: Aber so könnt ihr doch mit einer Verwand-
    ten nicht sprechen - es ist schließlich
    Silvester!
Ole: Wir können und wir werden! Es gibt keine
    Tage, an denen Menschen für ihr Fehlverhal-
    ten nicht gescholten gehören. Man kann dem
    Pferd kein Zucker geben, wenn es davor ge-
    treten hat. Wo kommen wir denn dann hin?

Silke: Vor allem, weil sich die grässliche
    Harpyie selbst eingeladen hat - war in der
    Nähe ...
Kai: Das heißt, ihr denkt von mir genauso?
Ole: In diesem Punkt brauchen wir nicht
    denken.
Kai *(steht auf zum Gehen, überlegt es sich
    jedoch kurz darauf wieder anders und setzt
    sich hin)*: Nein, den Gefallen tue ich euch
    nicht. Und wenn ihr gähnt und um Schlaf
    bettelt, ihr werdet mich nicht mehr so
    leicht los.
Silke *(desinteressiert)*: Das ist aber beruhi-
    gend.
Kai: Vielleicht kann ich euch ja doch zum
    Umdenken animieren. Mir persönlich wäre
    schon viel geholfen, wenn ich denn irgend-
    wann gehe, dass ihr ein besseres Bild von
    der Kanzlerin habt. Habt ihr nicht gehört,
    wie sie vorhin von dem mittlerweile zurück-
    liegenden Jahr geschwärmt hat? Und die fet-
    ten Jahre sollen erst noch folgen. Die Ar-
    beitslosenzahlen sind auf dem tiefsten
    Stand seit ...
Ole *(unterbricht seinen Freund)*: ... seit der
    Zeit, als es noch keine Minijobs gab und
    unendlich viele Programme zur Wiederbe-
    schaffung von Arbeit ins Leben gerufen wor-
    den sind.
Kai: Und die Staatsschulden haben sich nur
    verdreifacht!
Ole: Was soll daran bitteschön positiv sein?
Kai: Wohlan, in anderen Ländern der Welt ist
    es sicherlich wesentlich mehr, das heißt,
    bei uns sind es nur dreimal so viel wie im
    vorangegangenen Jahr und das ist der posi-
    tive Aspekt daran!
Ole: Schulden bleiben Schulden, selbst ein
    Abbau wäre nur ein zaghaftes Licht am Ende
    des Tunnels gewesen.

Kai: Dann seid ihr bestimmt auch gegen die
    Steueranpassungen gewesen!
Silke: Ich verstehe nicht einmal den Sinn von
    Steuern, geschweige denn ihrer Anpassungen.
Kai: Aber wir haben doch ein funktionierendes
    Sozialsystem, das macht Steuern unabding-
    bar. Sie sind das Öl, welches das Getriebe
    am Laufen hält. Müssen wir weniger Steuern
    zahlen, ist das natürlich gut, aber wenn
    temporär ein Obolus zusätzlich berappt wer-
    den soll, kommt uns das auf einer anderen
    Art und Weise wieder zugute.
Ole: Ich halte nichts von Schutzgeldern.
Kai: Keine Schutzgelder, du investierst in das
    Netz der Sicherheit.
Ole: Netze haben die Eigenschaft, ziemlich
    durchlässig zu sein.
Kai *(springt auf und stürmt auf die Tür zu;
    dreht sich aber kurz vor Austritt noch ein-
    mal um)*: Wegen Menschen wie euch kann unser
    System nicht funktionieren! Wir haben eine
    Bundeskanzlerin, die alles in ihrer Macht
    Stehende tut, uns zu helfen und wie wird es
    ihr gedankt? Mit Pessimismus und mit Abfäl-
    ligkeiten! Ich möchte mir nicht ausmalen,
    was die Wände hier bereits alles mit anhö-
    ren mussten, wenn ihr allein wart. Ihr hat-
    tet recht, die zusätzlichen Toiletten
    nächstes Jahr wüsstet ihr eh nicht zu be-
    setzen.

(Kai verlässt das Wohnzimmer)

Ole *(ruhig)*: Die Wahrheit ist eben nicht für
    jedes Ohr bestimmt, aber wenigstens sind
    wir ihn los. Vielleicht hat er aber dennoch
    auch ein wenig recht, Silke, denn wenn die
    gesamte Republik aus solchen gutgläubigen
    Narren wie ihm bestehen würde, würde es uns
    vielleicht besser gehen.

Silke: Soll das der Preis sein? Gutgläubig
    alles abnicken und ausführen, was eine un-
    bekannte Person mit einem Puppengesicht im
    Fernseher anbefiehlt?
Ole: Vielleicht ist das der einzige Weg.
Silke: Aber wozu benötigen wir eine zweite
    Toilette in jedem Zimmer? Es wurden sowieso
    bereits alle derart fragwürdig eingebaut,
    dass man wie auf einem Präsentierteller
    hockt. Immer starren mich am Abend leuch-
    tend weiße Augen aus der Finsternis an, die
    mich beobachten.
Ole: Der Zusammenhang ist leicht erklärt. Das
    einzige, was die Bürger dieses Staates ab-
    sondern, ist das Endprodukt der Verdauung
    und da es davon ziemlich viel gibt, muss es
    auch mehr Toiletten geben. Wenn in jedem
    Raum ein Klosett steht, wird die angeborene
    Faulheit besser denn je unterstützt, da
    selbst der Gang ins Badezimmer entfällt, um
    uns keine Sekunde von diesem flimmernden
    Apparat abzuhalten, denn das ist ihr wich-
    tigstes Instrument. Wie sollten sie uns
    sonst erreichen?
Silke: Fürchterlich! Auch wenn wir verspottet
    werden sollten, ich will diesen Fernseher
    nicht mehr in unserer Wohnung. Verschenken
    ist noch zu gefährlich, daher am besten
    unwiederbringlich zerstören! Gleich morgen
    werde ich die Kiste mit dem Nudelholz kräf-
    tig bearbeiten und dann müssen wir uns
    nächstes Silvester weder mit Gästen noch
    mit irgendwelchen ominösen Bundeskanzlerin-
    nen ärgern. Aus und vorbei!

*(Verwandte tritt erleichtert ins Wohnzimmer
mit einem großen Paket unterm Arm)*
Verwandte: Es gibt wirklich nichts Besseres,
    als die ganzen angestauten sauren Gedanken
    einfach mit dem Wasser die Gosse hinabzu-
    spülen. Diesen Rat hätte ich am liebsten

auch eurem Freund gegeben, aber der war
  schneller verschwunden als das Toilettenpa-
  pier nach meiner Sitzung. Wie dem auch sei.
  Ich habe bereits telefonisch angekündigt,
  dass ich noch ein Weihnachtsgeschenk für
  euch habe. Es freut mich, nun eure Gesichter dazu zu sehen. Ei, das wird ein Fest
  zum Neujahr *(überreicht umständlich und mit
  nicht wenig Mühe das schwere Paket)*!
Silke *(öffnet das Paket und wird kreide-
  bleich)*: Eine Toilette.
Verwandte: Ganz genau! Ihr könnt euch nicht
  vorstellen, wie mir eben deswegen die Neujahrsansprache der Kanzlerin so besonders
  gefallen hat, denn nun müsst ihr euch dieses Jahr lediglich vier weitere Toiletten
  zulegen und gewiss kommt auch der nächste
  feierliche Anlass. Das war quasi eine Vor-
  ahnung.
Ole *(mustert die Toilette)*: Sogar gebraucht,
  wie ich sehe. Also ganz nach Vorschrift.
  Ich kann zu diesem glücklichen Geschenk uns
  selber nur gratulieren.
Silke *(sichtlich angeekelt)*: Aber die Schüssel
  und besonders das dazugehörige Rohr sind ja
  noch dreckiger als unsere Exemplare.
Ole: Zu schade, dass wir nicht putzen dürfen,
  nur damit sich genug Keime dem Leib ermäch-
  tigen, dass die Regierung nicht in die Ver-
  legenheit kommt, später viele Renten an
  ihre Bürger und Bürgerinnen zahlen zu müssen.
Verwandte *(erheitert)*: Die Wege der Regierung
  sind eben unergründlich. Darf ich noch um
  ein Gläschen Sekt bitten?

Neulich im Bergedorfer Schlosspark

Es rattern Eisenräder und es heulen Schienen
Über ihnen hockt die quengelnd Menschenflut
Zur Arbeit! Zieht es sie gen Stock wie Bienen
Trotz dem innren Kinde, welches tobt vor Wut

Wenn niemand mehr nach links und rechts schaut
Jeder den Morgen dreimal sekündlich verdaut
Dann freue ich mich dem Treiben zu entfliehn
Um in meinem Schlossgarten neu zu erblühn

Dort, wo selbst die Idylle ihr Bette macht
Grüßt du mich, o süßer Duft des Jasmins
Grüßt du mich, o Antlitz der Blutbuche
Grüßt du mich, o Singsang der Amsel

Aus dem Grün ragt das Ziegelschloss empor
Die Serrahn umschlingt dein Rosenhaupt mild
Schillernde Kristalle übersähen deine Flur
Nur Karpfen schnappen nach dem heiligen Bild

Ich ruh im Kastanienschatten bis ich genese
Bäume säuseln mir den Takt des Brahms ins Ohr
Ach Spender neuer Lebenskraft aus dem ich lese
Bringst Frieden, den ich auf der Fahrt verlor

Wenn die späten Lüfte über Giebel rauschen
Und weiße Schiffe leise schnaufen
Dann sind sämtliche Ohren gespitzt
Und Hände aufs eifrigste erpicht
Die Augen schweifen der Turmuhr entgegen
Nun ist niemand mehr an Arbeit gelegen

So komm ich wieder zurück an deine Seite
Will den Alltag zu zweien begraben
Und den Feierabend hinaus führen ins Freie
Weh, wenn sich Spiegelbilder am Realen laben!

Gewandelt bist du mit Narben und Warzen wund
Müll quillt aus deinem Hochzeitsschleier
Du bist nimmer die grüne Lunge der Stadt und
Fort flog die Idylle auf den Schwingen der
Reiher

Prediger der Menschlichkeit

Prediger der wahren Menschlichkeit
Das war und wollt ich immer sein
Gescheitert an der Verdorbenheit
Lacht vom Thron her der Schein

Eure Rechte sind meine Pflichten
Nicht im Großen auch im Kleinen handeln
Lieber lest ihr alte Geschichten
Statt euch zum Guten hinzuwandeln

„Gut" sagt ihr - was soll das heißen?
Spart mir bitte nicht das Böse aus
Hunde werden sowieso nach beidem beißen
Halt! Schwitzt keine Tugend dadurch aus

Wenn mein inbrünstiges Hassgefühl verklungen
Wächst aus dem jungfräulichen Grund mein Spott
Drum schneidet ab die widerlichen Lästerzungen
Werfet sie wie eure Seelen auf den Schrott

Ich bin ein armer Wandersmann ohne Stocke
Meine Stütze, liebe Kinder, das wart ihr
Es ertönt der Hilfeschrei der letzten Glocke
Bevor ihr euch zurück verwandelt zum Tier

Kein Glied soll mehr auf seinem Platze stehn
Niederprasseln soll die Strafe als euer Lohn
Aber Geier werden euer Fleisch verschmähn
An mir ist's, der Mensch von niemandens Sohn

Frisch ans Werk! Ich flicke euch neu zusammen!
Eure Herzen reiße ich euch aus dem Steiß
Den Rest der Innerein vergeht in Flammen
Hohe Baukunst fordert Sorgfalt, wie ich weiß!

Einzig was bleibt sind eure leeren Körper
Vergelts Gott! Auch die werden bald schon Erde
Verrottet bis zur letzten zarten Wimper
Fügt ihr euch ein ins Gemälde als Scherbe

Spiegeldialog
Stegreifspiel in einem Akt

Personen:
Friseur
Bankier

Spielort ist ein altbackenes Friseurgeschäft
in einem Seitenärmel der hiesigen Stadtprome-
nade. Es ist nicht viel los, als ein junger
Bankier die Ladenfläche betritt, die gemeinsam
mit ihrem Besitzer sichtlich gealtert ist. Der
Putz bröckelt von den Wänden,
die Spiegel haben haarfeine Risse und die
roten Lederbezüge der Stühle sind abgesessen.
Soviel zu den besonderen Auffälligkeiten. Der
Kunde setzt sich. Fortan sehen sich beide
gemeinsam nur über ei-
nen Spiegel kommunizieren.

Akt I

Friseur: Guten Tag, Monsieur, bitte machen Sie
  es sich bequem, es kann sofort losgehen.
Bankier: Wie lange muss ich denn warten?
Friseur: Es kann sich nur um einen kleinen
  Augenblick handeln. Mancherlei Geschäfte
  dulden keinerlei Aufschub, Sie werden das
  wohl verstehen. Sodann empfehle ich mich.

*(Nachdem der Friseurmeister für zwei Minuten
in den hinteren Räumlichkeiten verschwunden
ist, erscheint er mit gleicher Miene bei
seinem Kunden, der nervös auf dem
Stuhl hin und her rutscht)*

Bankier: Muss ich immer noch warten?
Friseur: Ich sagte doch bereits, einen Moment
  Geduld.
Bankier: Sie haben gut reden - Geduld, sagt
  er. Wie ich sehe, konnten Sie sich die

letzten 10 Jahre in Geduld üben. Der Laden
hat es Ihnen übel genommen, wenn Sie mich
fragen. Ich kam aufgrund einer Empfehlung,
dass Sie die besten Haarschnitte der Stadt
machen sollen, aber wie Sie mit Ihrer Kundschaft umgehen, wirft kein sonderlich gutes
Licht auf den Empfehlungsgeber.
Friseur: Wenn ich um einen Moment Zeitaufschub
bitte, dann ist darunter auch nur ein Moment zu verstehen. Warum sind Sie in Eile?
Immerhin sind Sie zu mir gekommen und nicht
ich zu Ihnen.
Bankier: Wenn ich in einen Laden gehe und es
schnarchen selbst die Mäuse in der Kasse,
dann erwarte ich, dass ich mit doppelter
Aufmerksamkeit bedient werde.
Friseur: Bei mir wird jeder gleich ungeachtet
seines Standes bedient.
Bankier: Wie dem auch sei. Meine Zeit ist
limitiert, da ich in der Filiale bald meine
nächste Kundschaft erwarte. Also, wenn ich
bitten darf, verrichten Sie ihr Werk.
Friseur: Sie haben mir noch nicht gesagt, wie
Sie Ihre Haare geschnitten haben wollen?
Bankier: Sie sollen nicht länger als davor
sein, alles andere ist mir gleich. Sie sind
der Friseur. Ich möchte etwas Passendes zu
meinem Gesicht. Wichtig ist, dass es der
Mode angemessen ist.
Friseur: Der Mode angemessen … Ich bitte um
Entschuldigung, aber was verstehen Sie darunter?
Bankier: Muss ich Ihnen Ihre Arbeit erklären?
Ich möchte etwas Modisches, das im Trend
liegt. Lesen Sie als Friseur keine Mode-
zeitschriften?
Friseur: Nein, dieses Vergnügen schien mir bis
hierher verwehrt gewesen zu sein. Bislang
wussten meine Kundinnen und Kunden immer,
was sie auf dem Kopf tragen wollten.
Bankier: Wo bleibt da die Kreativität?

Friseur: Wo ist denn aber die Kreativität,
   wenn ich einen Haarschnitt aus einer belie-
   bigen Zeitschrift kopieren soll, um sie
   Ihnen wie eine Perücke auf den Kopf zu setzen? Die meisten Menschen tragen nicht das,
   was Ihnen gemeinhin stehen würde. Wohlfüh-
   len, darauf kommt es an.
Bankier: Dann schneiden Sie mir bitte nur die
   Spitzen nach und um die Ohren herum. Ich
   glaube, ich war das letzte Mal hier.
Friseur: Weil Sie keine Vorstellung davon
   haben, was Sie wollen?
Bankier: Ich weiß, was ich will.
Friseur: Nun?
Bankier: Ich will so schnell wie möglich aus
   diesem Laden verschwinden, sobald Sie mit
   Ihrer Arbeit fertig sind, damit ich meine
   Kundschaft bedienen kann. Es ist nun leider
   zu spät, einen anderen Friseursalon aufzu-
   suchen. Ferner möchte ich zukünftig einen
   großen Bogen um diese Gasse machen.

*(Der Friseurmeister nimmt eine große rostfreie
Stahlschere in die Hand, in der er sich
spiegelt. Er fängt an, seine gewohnte Arbeit
zu verrichten)*

Friseur: Welcher Tätigkeit gehen Sie nach?
Bankier: Ich berate Kunden in finanziellen
   Angelegenheiten. Ich erstelle ganzheitliche
   Konzepte, die auf Kurz-, Mittel- und Lang-
   fristigkeit bedacht sind. Ziel ist die dy-
   namische Lebensplanung, um für alle Eventu-
   alitäten vorgesorgt zu haben.
Friseur: Sollen Sie eigentlich nicht nur das
   Geld der Kunden annehmen, verwahren und bei
   Bedarf wieder auszahlen?
Bankier: Das war früher einmal.
Friseur: Ich kenne diese Zeiten noch gut aus
   meiner Erinnerung.

Bankier: Ich weiß, worauf Sie hinauswollen.
   Früher, ja, da war alles besser. Da gab es
   noch keinen Mord- und Totschlag, abgesehen
   von den kleinen Unebenheiten der Weltkrie-
   ge. Damals war es doch das goldene Zeital-
   ter der Brüderlichkeit, wo niemand auf seinen Vorteil bedacht war und jegliches Handeln uneigennützig geschehen ist. War es
   nicht so?
Friseur: Nein, so war es ganz und gar nicht.
   Es war anders. So wie Ihnen vielleicht ein
   schwarzer Anzug mehr gefällt als ein brau-
   ner, so kann man sich auch zwischen früher
   und heute entscheiden, welche Zeit einem
   besser gefallen hat. Das Vergangene wird
   meist aber besser in der Erinnerung, weil
   das Schlechte vergessen wird.
Bankier: Ihre Arbeitsweise unterscheidet sich
   bestimmt auch nicht sonderlich zu damals.
   Ich sehe ja noch nicht einmal einen Unterschied.
Friseur: Sehen Sie, die Geduld ist ein Punkt,
   der früher anders war. Nicht besser, aber
   immerhin vorhanden. So könnte die Reihe an
   Verschiedenheiten unendlich fortgesetzt
   werden. Mit der Mode hatte ich Ihnen ja
   bereits vorhin gesagt, wie das die Leute
   vor einigen Jahren noch gehandhabt haben.
Bankier: Und waren die Leute damals glücklicher?
Friseur: Nicht unbedingt, aber die Menschen
   waren leichter zufrieden zu stellen, weil
   sie noch nicht einem solchen Überfluss aus-
   gesetzt waren wie heutzutage. Überall finden sie Reklame. Das Beste gibt es hier, da
   und drüben auch. In einer Welt der Superla-
   tive ist das Normale nicht mehr gut genug.
   Die Kapitalisten von damals sind die Monar-
   chen von heute. Eine Dynamik, die von Anfang an hätte zerstört werden müssen.

168

Bankier: Ich bin überrascht, in Ihnen gewisse
    anarchistische Züge zu erkennen. Sie wären
    garantiert der Fahnenführer bei einer heu-
    tigen Revolution.
Friseur: Nein, dafür ist es zu spät. Mittler-
    weile bin ich dermaßen zahnlos geworden,
    ohne es zu bemerken, dass ich dem System
    sogar die Haare schneide.
Bankier: Ist das eine versteckte Anspielung
    auf meine Person?
Friseur: Ich bitte Sie. Sie sind mein Kunde,
    aber da wir uns eben so vergnügt unterhal-
    ten, möchte ich Ihnen noch meine Ansicht zu
    Bankkaufleuten offenbaren.
Bankier: Sehr gerne. Ich höre.
Friseur: Für mich ist dieses Berufsbild,
    welchem Sie zufälligerweise angehören, das
    Sinnbild der Neuzeit. Alles muss schnell
    gehen. Für die Personen hinter den Zahlen
    bleibt keine Zeit mehr. Der Volksmund tut
    Ihresgleichen nicht sonderlich unrecht,
    wenn er meint, die Profitgier habe lange
    schon über Sie gesiegt. Zur Historie Ihrer
    Gruppe kann ich nur so viel sagen, dass es
    früher, also als es noch das Tauschgeschäft
    statt Banken gab, das Ziel war, etwas zu
    schaffen. Jeder war dadurch in handwerkli-
    chen Berufen untergebracht. Die Technik hat
    später die Arbeit nicht nur erleichtert,
    sondern auch die früher dazu notwendigen
    Personen überflüssig gemacht. Zwangsläufig
    herrschte zu dieser Zeit ein großes Vakuum
    an gähnender Langeweile. Was sollte aus den
    ganzen Beschäftigungslosen werden? Also
    mussten neue Berufe erfunden werden, die
    der Menschheit einen kleineren Dienst er-
    weisen sollten, die sich mit emsiger Pedan-
    terie jedoch zum wichtigsten Wirtschafts-
    faktor eines Landes aufgeschwungen haben,
    bis sie sogar selbiges an Stellenwert über-
    flügelten. Eine Bank kann ohne Staat, aber

ein Staat nicht mehr ohne seine Bank sein.
Reden wir nicht von den ungeahn-
ten Gelüsten, die inzwischen von der Mode
und Co geweckt wurden, bis die Gier alles
verseucht hat und Milliarden Menschen von
einer Handvoll Ungewählter regiert wird,
weil sie sich ihnen als Werkzeuge verdin-
gen, die ihnen die Glastürme bauen, um von
dort geringschätzig auf die Engel herabzu-
sehen.

*(Der Bankier gähnt und streckt sich, indem er
dabei unauffällig auf seine Uhr schaut, um die
Zeit vom Ziffernblatt ablesen zu können)*

Friseur: Eine schöne Uhr haben Sie da.
Bankier: Sie erinnern mich ungewollt daran,
    mir eine neue zu kaufen. Zu Ihrem Vortrag
    kann ich hingegen nur sagen, dass er mir so
    oberflächlich ehrlich vorkommt, dass Sie
    ihn nicht nur als Einzelkämpfer verfechten
    würden. Ändern können Sie an dem Lauf
    trotzdem nichts mehr. Sie werden irgendwann
    Pleitegeier spielen, Ihren Laden dichtma-
    chen und Schulden an Ihre Kinder vererben,
    die damit automatisch gezwungen sind, zu
    mir zu kommen. Und ich kann Ihnen versi-
    chern, die werden leiden müssen, wie ich
    heute gelitten habe.

*(Nachdem die Haare der einen Schädelhälfte
geschnitten sind, hört der Friseur plötzlich
auf zu schneiden, befreit die Kundschaft vom
Umhang und bürstet die restlichen Haare
übertrieben fürsorglich ab)*

Friseur: Fertig!
Bankier: Aber das kann nicht wahr sein. Das
    hätte ich selbst besser gekonnt!
Friseur: Fertig ist fertig, das ist meine
    Kreativität – Sie haben Sie eingefordert.

Erinnern Sie sich noch?

*(Bankier ab, indem er stürmisch zur Tür hinaus
rennt und sie hinter sich zuschlägt)*

Friseur *(blickt in den Spiegel, um sich selbst
tief in die Augen zu schauen):* Natürlich kann
ich, kleiner Mann, die Welt nicht verändern,
doch könnte es ein großer? Entscheidend sind
die Momente, die die Vorsehung uns vor die
Füße wirft. Können wir dann richtig handeln?

Schwarzer Rabe, weißer Schwan

Als ein Rabe im Spätsommer die weiten Heidefelder bei Wilsede überflog, wurde er des lila Teppichmeers der Besenheide gewahr. Eine größere Pracht hatte er niemals zuvor gesehen und so bestaunte er das Purpur, das die sanften Hügel umschmeichelte und sich entlang von Bachläufen, Seen und gar um ganze Waldgebiete rankte. „Wie schafft es die Natur nur, solche erlesenen Farben erblühen zu lassen? Aus nichts lässt sie alles auferstehen und zu nichts kehrt es zurück. Eine Laune des Glücks muss es sein, die sie dazu veranlasst, trockenes Gestrüpp mit kleinen Glöckchen zu schmücken, die millionenfach aneinandergereiht, jenes Bild der reinen Schönheit ergeben." Vergnügt krächzte er dabei ein Liedchen.

Gut ist wenig schlecht
Drum möchte ich viel
Das ist mein gutes Recht
Doch nicht jeder erreicht das Ziel

Eines Morgens saß der Vogel auf dem Ast einer Birke und wurde Zeuge eines Schauspiels, wie er es viele Male zuvor bereits geworden war. Eine jener banalen Kleinigkeiten, die bisher nie auch nur im Geringsten einen bleibenden Eindruck auf ihn hinterlassen hatten, weil es als zu absurd galt, das Gewöhnliche im Alltag neu zu entdecken. Der Vogel beobachtete zwei andere Raben bei ihrer täglichen Nahrungssuche, wie sie zwischen den Heidesträuchern umhersprangen, um die taufrischen mit Perlen überzogenen Seidenfäden der Spinnennetze nach Nahrung zu durchsuchen. Beide wandelten wie schwarze Schatten, bis sie zeitgleich einen Fund erspähten, dem Netz entrissen und sich eiligst wie ertappte Diebe davonstahlen. Den

172

Raben überkam derweil jedoch ein beschämendes Gefühl, als ob er eigens die Spinnen um ihren wohl verdienten Lohn betrogen hätte. Viel schlimmer sollte jedoch sein Fehler wiegen, dass er von den inneren Werten der zwei Raben auf sich selber schloss. Nicht selten wird der naturgegebene Verstand nachrangig behandelt und die Augen, die trügerisch eine geistige Brücke zu optisch anverwandten Lebewesen bauen, erhalten den Vorzug, obwohl sie ein falsches Bild in die Wahrnehmung streuen. Unweigerlich schaute der Rabe an sich hinab und schauderte vor dem Anblick seines schwarzen Gefieders, das sich von jenen, die er seit kurzem verachtete, nicht zu unterscheiden schien. Sein Gemütszustand verfinsterte sich zusehends, obwohl die Sonne eben erst aufgegangen war. Aber inwiefern muss man sich seiner selbst für die Taten anderer verachten? Spätestens wenn Emotionen Entscheidungen beeinflussen, ist ihre Tragweite nicht mehr absehbar. Nie zuvor hatte der Rabe dieses angeborene Verhalten der Nahrungssuche sonderlich gestört, er wusste es einfach nicht besser und daran änderten tausende Szenen, die dieser bis aufs Haar geglichen hatten, nichts, doch Gefühle, im Besonderen negative, wirken um ein vielfaches stärker. „Wieso konnten sich die zwei nicht vom Überfluss der Vogelbeeren ernähren, die zu dieser Jahreszeit leuchtend rot aus dem Grün eines jeden Baumes herausfunkeln?“ Der Rabe empfand es mittlerweile gar als Bürde, das teerige Kleid seiner Federn mit den beiden Räubern zu teilen. Lange grübelte er, was das Gegenteil von ihm sei, um nach Besserung zu streben und kam zu dem Entschluss, einen nahe gelegenen Teich aufzusuchen, da dieser im August ein Eldorado für Vögel, unter anderem auch für einen Schwarm Schwäne, war. Diese Krone der gesamten gefiederten Gattung schien für den Raben das

Edelste, was sich hierzulande in die nektargetränkte Luft schwingen konnte, und wer von außen derart schön war, wäre es innerlich allemal, so dachte er. Der Rabe fasste all seinen Mut zusammen, um den erhofften Rat zu erhalten und sprach schließlich einen der Schwäne an: „Wie geht es dir?" „Gut", bekam er darauf als Antwort zu hören und frug den nächsten, auch dieser antwortete ihm ebenso und alle Schwäne, die er fragte, hatten die gleiche Antwort für ihn parat. Jede weitere Frage, die mit „gut" beantwortet wurde, bestärkte seine Ahnung, dass die Wesen, die ein Übermaß an optischen Reizen vorweisen können, wesentlich glücklicher wären als seinesgleichen. Betrübt über diese naturgegebene Ungerechtigkeit wurde er vom ersten Schwan, den er angesprochen hatte, gefragt: „Welches Leid hast du zu leiden, kleiner Rabe?"
„Ich strebe nach dem Glück, aber es gelingt mir nicht." Neugierig frug der Schwan weiter und erfuhr das Vorkommnis mit den zwei Artgenossen, die die Spinnennetze auf der Heide beraubt hatten und sah sich gezwungen, folgende fortführende Frage zu stellen: „Aber sage mir, warst du es nicht gestern noch selbst, der ebenso auf der Heide räuberte wie die anderen Raben, die du beobachtet hast? Warum verurteilst du sie dessen, was du selbst begingst?" Ohne zu überlegen, erwiderte der Rabe: „Ich weiß es jetzt besser und eben dieses Wissen erhebt mich über die anderen und macht mich darum im gleichen Maß unglücklicher." „Wissen allein", fuhr der Schwan fort, „kann jeder erlangen, selbst die dümmste Kröte. Zu viel Wissen verdirbt jedoch den Charakter, denn wozu soll es gut sein, wenn man jegliche Geheimnisse der Erde entschlüsselt hat, aber nichts davon anwenden kann und demzufolge zu nichts nutze ist?"

Das schwarze Gefieder des Raben plusterte sich in einer Windböe auf, die seinen ganzen Widerwillen über diese Antwort verriet. Mürrisch erwiderte er nach einer langen Schweigepause: „Meine Meinung ist in Stein gemeißelt! Sobald ich mir durch Wissen eine Meinung gebildet habe, ist diese unumstößlich und ich bin nicht willens, diese einfach wieder zu verwerfen." Mit einem Satz erhob er sich in die süße Luft und vernahm die immer leiser werdende Stimme des Schwans, die rief: „Vergiss nie die Meinung, die du gestern noch vertratst!"
Für den Raben war nun klar, dass er dem edlen Sanftmut im Gespräch nicht standhalten konnte und die einzige Erkenntnis jene war, die er bereits besaß: Er musste sich von seinem leidigen Gefieder lossagen, um endlich fortwährendes Glück erfahren zu dürfen. Eine beträchtliche Zeit sah man ihn am Himmel ziellos umherfliegen. Der Anblick der blühenden Heide löste bei weitem nicht mehr die gleiche Ehrfurcht vor der Natur in ihm aus, wie noch vor kurzem. Deshalb flog er direkt in das kleine Örtchen Wilsede, um unter dem Schatten einer imposanten Eiche nachzudenken. „Nein, ich bleibe dabei! Ich muss lediglich eine Möglichkeit finden, wie ich meine schwarzen Federn loswerde und dann wird der Schwan der einzige sein, welcher seine Weisheiten vergessen kann." Die Vorsehung will es manchmal, obwohl sie in ihrer Gesamtheit für uns nie zu fassen sein wird, dass es scheint, als wolle sie uns trotzdem ein rettendes Seil zuwerfen, welches vorgaukelt, sie doch für einen Moment verstehen zu können. Alles macht dann Sinn, vor allem das Sinnlose und daher kam es dem Raben zu Passe, dass er einen alten Imker erspähte, der gerade die Holzbalken seiner Wohnstube in Weiß bemalte. Sichtlich erschöpft verließ dieser sein Haus, um am

Dorfbrunnen eine kleine Stärkung einzunehmen. Die Wände schimmerten noch nass durch das offene Fenster. Die geöffneten Farbeimer verrieten, dass nach der Trocknung eine zweite Schicht folgen musste. Das war der Moment! Ein solcher, der nicht ungenutzt bleiben sollte, wenn man die sehnsüchtige Veränderung tatsächlich herbeisehnt. Aus einer Intuition sprang der Rabe auf den Fenstersims und schaute ins leere Zimmer. Direkt neben der Tür stand der Bottich!
In einem Zug tauchte der Rabe bis auf den Grund des Eimers und spürte, wie er das Weiß förmlich aufsog. Er empfand, dass die weiße Farbe ihn mehr als schicklich kleidete. „Weißes Licht bin ich jetzt, wo einst nur Schatten herrschte." Etwas beschwerlicher als gewohnt schleppte er seinen Rabenkörper zum offenen Fenster und stieg dem blauen Himmel als Schwan entgegen. Der Vogel hatte nichts eiligeres im Kopf, als erneut den Teich aufzusuchen, in der Hoffnung, seinen damaligen Gesprächspartner eines Besseren zu belehren. In der Ferne sah er bereits das grünliche Gewässer, das wie ein Auge in der Mitte der lila Blüte ruhte. Als er sich aber langsam absenken wollte, bemerkte er, dass die weiße Farbe in seinem Gefieder durch den Zugwind getrocknet und härter als ein Panzer geworden war. Wie ein Stein flog der Rabe ungebremst in Richtung der Wasseroberfläche, die er in Begleitung eines lauten Knalls und mehrerer Wasserfontänen durchstieß. Er zappelte, wie alle Lebewesen, die dem Tod entrinnen wollen, doch seine Federn waren zu schwer. Er hatte keine Kontrolle und schlug wild um sich, doch sein ganzes Gezappel hielt die anderen, darunter auch die Schwäne, ab, ihm zu helfen. Allmählich wurden seine Schläge langsamer und an nicht wenig Stellen seiner Federbekleidung schimmerte deutlich wieder das Schwarz hervor,

aber es genügte nicht, und so sank der Rabe in den Teich hinab und die Oberfläche wurde glatt, als ob es nie ein Drama gegeben hatte. Einer der Schwäne schwamm in die Mitte und suchte mit seinem schlangenähnlichen Hals im Wasser nach dem Raben, den er schließlich fand und bewusstlos an Land zog.

Es vergingen Stunden, die Sonne färbte die Heide unterdes bereits in leuchtende Orangetöne, bis der Rabe die Augen auftat und als erstes den weißen Schwan sah, der ihn vornübergebeugt mit der Frage begrüßte: „Wie geht es dir?"

„Gut", antwortete der Rabe, „denn ich lebe." Der Schwan konnte ein Lächeln nicht verkneifen und flog auf und davon. Der Rabe aber stimmte die Zeilen eines alten Liedes an:

Gut ist wenig schlecht
Drum möchte ich viel
Das ist mein gutes Recht
Doch nicht jeder erreicht das Ziel

Schweigen ist reden

Der Kopf ist vollgestopft - ich weiß es wohl
Zum Bersten ist der knöch'ge Raum gefüllt
Jedoch nicht immer - früher war er hohl
Adieu, Leere, die mir davon gebrüllt

Wenn ein Glied fällt, stürzt die ganze Sippe
Wahllos folgen meine Beine mit
Erbrech' dann die Buchstabensuppe
Denn so funktioniert der Gleichschritt

Vom Sonnenauf- bis zum Sonnenuntergang
Ständig in Bewegung ist mein Mund
Sirenen tönen, es wär kein edler Gesang
Wie kann's sein? Sonst wär er doch nicht wund

Nie hab ich gefragt „Können Sie das ertragen?"
Doch die Antwort schien mir bereits klar
Ich versteh mich eben besser aufs vertagen
Gleich ob es Lüge ist oder wahr

Wie beim Ententeich herrscht hier Verkehr
Schnattern kann ich nun kaum noch ertragen
Schnell zurück mit euch aufs weite Meer
Sonst muss ich eure Schnäbel zerschlagen

Wie äußere ich jetzt jegliche Klage?
Wie legitimiert sich falsches Handeln?
Wie verkürz ich die freie Zeit am Tage?
Wie kann ich fortan Freunde verschandeln?

In der Stille hält sich Weisheit verborgen
Auch wenn wir leiden in der toten Ruh
Nur nährend unsre lächerlichen Sorgen
Trag'n sich diese besser als keine Schuh

So werde vernünftig Menschlein!
 Lerne reden, wenn du reden musst
Lerne das Schweigen ganz allgemein
Denn damit steigerst du deine Lust

<u>**Vergiss mein (nicht)**</u>

Was soll ich, armer Schreiberling, euch berichten? Mühselig reihte ich Buchstabe an Buchstabe, wie das Eichhörnchen die Zweige seines Kobels. Mein Ziel war es, Wörter zu formen aus denen Sätze erwachsen, um einen Zusammenhang - einen Sinn zum Großen und Ganzen - zu knüpfen. Was ich mir davon versprochen habe, ist schnell formuliert: Ich wollte ewig sein! Mein Name sollte nie verklingen und im gleichen Atemzug genannt werden wie die der Hesses, Goethes, Heines, Eichendorfs und wie sie alle heißen mögen. Meine Werke sollten für einen Zeitabschnitt stehen, der Revolutionen und Aufstände provoziert hat unter der Prämisse, den Menschen eine bessere Zukunft ermöglicht zu haben. Blut sollte fließen auf dem Boden, der mit meinen Seiten gepflastert ist. Mein Genius sollte sich über die Köpfe der feinen Salons erheben und Grundlage für jegliche Gespräche sein. Dies und viel mehr war mein blauäugiges Streben. Seit kurzem steht mir der Sinn nicht mehr nach solcherlei Dingen.
Wie immer bin ich dem Ruf der Hähne gefolgt und hatte meine anstehenden Aufgaben bereits zur Mittagsstunde erledigt gewusst. Ich schrieb derzeit an einem neuen Buch, welches den Zweck hatte, neue Gesellschaftsstrukturen zu bauen und die alten zu Grunde zu richten. Das Schreiben fiel mir an jenem Tag leicht, sodass ich nicht ohne Eigenlob die Tür nach draußen durchschritt. Aus den Fenstern der anderen Häuser kroch jener Qualm, der vom Duft von Rouladen, Schweine- und Sauerbraten erfüllt war. Ich stellte mir die dunkle kräftige Soße dazu vor und wünschte ich wäre Koch und könnte frische Pilze mithineinschneiden und Apfelrotkohl servieren, sowie selbst gemachte Mehlklöße. Der Geruch bereitete mir

zunehmend Lust, weiter zu wandern, um in all
dieser Gutbürgerlichkeit zu baden und mir
vorzustellen, wie meine Frau und meine zwei
Kinder nach einem ermattenden Arbeitstag
liebevoll auf mich warteten. Viele Vorstellun-
gen sind jedoch nur zum Vorstellen und nicht
zum Leben gut. Wie könnte ich Befriedigung in
nur einer dieser Freuden empfinden, wenn mir
dadurch andere verwehrt blieben? Würde ich
nicht immer dem Drang erliegen, heute lieber
Sauerbraten statt Rouladen essen zu wollen? So
bleibe ich ein vagabundierender Künstler,
genieße und zehre von den Schatten der durch-
schnittlichen Menschenleben.
Die verbleibende Zeit des Tages hatte ich
damit zugebracht, die frische Wald- und
Wiesenluft zu atmen, um dabei die Natur zu
spüren und mich treiben zu lassen, da ich auf
diesen Wegen wie ein Schwamm meine ganze
Umwelt aufnahm und tröpfchenweise am darauf-
folgenden Morgen an das Papier abgeben konnte.
Alles war wie eh und je. Das Himmelszelt
begann sich bereits orange zu färben. Ein
Lüftchen flüsterte mir als nahender Vorbote
des Herbstes ins Ohr, auch wenn die satte
Schwüle der vergangenen heißen Tage natürlich
noch überwog. Ich richtete mich auf und zupfte
einen Holunderstängel ab, an welchen ich alle
fünf Schritte gierig mit meiner Nase sog. Wie
ein Wunder hatte er seine Dolden aufrecht-
erhalten, als weigere er sich zu verblühen.
Auch wenn ich diesem erst zarten und später
umso aufdringlicheren Duft bereits überdrüssig
wurde, schnipste ich die Blüten nicht ins
Feld, sondern zog weiter an ihnen. Welch einer
Verschwendung würde ich mich sonst schuldig
machen? Am Ende des Weges, bevor ich die Füße
wieder auf die befestigte Straße setzte, legte
ich die Blüten in eine Baumgabelung, sodass
sich Wanderer an ihrer frommen Pracht erhei-
tern konnten. Irgendwann muss die Pflanze aber

dahinsiechen. Es dauerte wenige Augenblicke, bevor ich die ersten Hausgiebel im Sonnenuntergang mild erstrahlen sah. Die dunklen Balken umrahmten die Fachwerkhäuser und gaben ihnen Form und Charakter. Eines von ihnen war mir besonders sympathisch. Nicht nur weil das Aushängeschild ein bronzefarbenes Weinglas mit verschlungenen Weinreben und saftigen Trauben darstellte, sondern weil es für mich ein Hort guter Erinnerungen und schöner Zeiten war. Dieses Haus war mein fixer Punkt, wenn die Tage verrichtet und meine Augen übersättigt waren. Hier konnte ich die Eindrücke in Ruhe bewerten und verarbeiten. Unaufgefordert wurde mir eine Rotweinkaraffe gereicht. Seit langer Zeit gab es dort endlich wieder einen Herdade Penedo Gordo aus Portugal. Er lief zwar erst zähflüssig über meine ausgetrocknete Zunge bis in die Kehle hinab, doch weckte er meinen Geist, während die Gliedmaßen nach einem Glas bereits immer länger und schwerfälliger wurden. Ich bestellte eine zweite und eine dritte Karaffe. Mittlerweile war ich nicht mehr in der Lage, meine rasenden Gedanken einzufangen, deswegen verband ich die verschütteten Tropfen vom Einschenken zu einem Kreis auf dem Tisch und nährte diesen mit immer wieder neuen Tropfen. Als ich aufblickte, saß ich völlig alleine in dem Gasthaus. Die Hocker waren bereits auf die Tische gestellt. Lediglich vor mir brannte ein kleines schüchternes Flämmchen, welches zaghaft um Feierabend bat. Plötzlich hörte ich Schritte. Drohend stapften sie immer näher, bis ich einen in weiße Betttücher gehüllten Mann erblickte. Er war bärtig und schien die Leiden der gesamten Menschheit zu leiden. Tiefe Falten und Augenringe zeichneten sein geschundenes Antlitz. Auf meine höfliche Nachfrage, wer er sei, gab er schlicht Gott zur Antwort und fuhr fort, dass dieses letzte

Licht, welches noch brannte, mein Lebenslicht symbolisierte. Erlöscht es, so stürbe ich. Unweigerlich begann ich zu schluchzen, womit ich dies verdient hätte? Dies konnte ihn jedoch nicht erweichen, zumal ich ein Mensch wäre und mehr Sünde wäre ohnehin nicht notwendig, um ein frühzeitiges Ableben zu begründen. Er spuckte in seine Hände und drückte den Docht der letzten Kerze zusammen. Das Feuer zischte wie eine Schlange zwischen seinen fleischigen Fingern und ad hoc war es stockfinster um uns herum, sodass selbst ein Finger nur dann bemerkbar werden würde, wenn er direkt in den Augapfel sticht. Von da an unterhielten wir uns im Dunkeln weiter und er versuchte mich zu beruhigen, dass ich kein zerreißendes Höllenabenteuer, wie etwa Dante, erfahren müsste. Die Namensnennung beruhigte mich, obwohl mir vom Prinzip her klar war, dass der alte Rotzipfel der Kirche mit seiner Geschichte einen Gefallen getan hatte, was ihm mit Verbannung gedankt wurde.
Wohlan, wir traten aus der Tür und zu meiner Verwunderung war es draußen hell. Und siehe da, kurz darauf vernahm ich auch wieder den Duft der fleißigen deutschen Hausfrauen. „Wo sind wir hier?", frug ich. „In der Welt nach deinem Tod", erwiderte er kurzerhand. Der restliche Weg, bis wir bei meiner alten Schule ankamen, in welcher ich früher meine ersten Buchstaben gemalt hatte, blieb schweigsam. Ich lehnte mich neben ihn gegen den Fenstersims, während ich messerscharf dem Geschehen im Inneren des Gebäudes folgte. Eine Lehrerin betrat den Raum. Sie plagte sich mit einer Reihe von Büchern ab, die sie umständlich auf ihre Unterarme gestapelt hatte. Ich konnte weder die Vorderseite noch den Buchrücken erkennen und hörte sie sagen: „Heute lesen wir die Fabel ‚Das Kuckuckskind' von Askson Vargard." Völlig verdutzt erschrak ich,

während Gott mich unverwandt ansah und mir zu
verstehen gab, weiter zuzuschauen. Ein tiefes
Raunen brach aus den Mündern der Kinder.
Einige von ihnen protestierten vehement, nicht
abermals diese gekünstelten Worte eines
Grundschülers studieren zu müssen. Die Lehrerin erwiderte gelangweilt den Singsang, indem
es keinen Zweck hat zu protestieren, da es
schließlich der Lehrplan vorschreibe. Gelangweilt wurde die Fabel Buchstabe für Buchstabe
seziert. Satzteile wurden aus dem Zusammenhang
gerissen und in einen neuen Kontext gestellt,
die ich mir damals, als ich die Fabel über die
Tristesse des Lebens geschrieben hatte, nicht
im Geringsten derart zu vermaledeien vorzustellen glaubte.
Trotz der schlechten Erfahrung wurde meine
Neugierde geschürt. Ich zog alleine weiter in
eine nahe gelegene Bücherei und ohne langes
Suchen fand ich unter der Rubrik Klassiker
einen großen Band gesammelter Werke, der alle
meine Bücher, Gedichte, Theaterstücke und
Kurzgeschichten umfasste. Der Inhalt, der mir
zum Zeitpunkt des Schreibens die Welt bedeute-
te und mit dem ich glaubte, mir ein Denkmal zu
setzen, war in einem liederlichen grauen
Einband verpackt. Es gab eine aufgesetzte
Einleitung von einer Person, die mir fremder
nicht hätte sein können, die sich aber damit
rühmte, mich vor Jahren von weitem in der
Straßenbahn gesehen zu haben und damit eine
Art Seelenverwandtschaft zu mir herstellte,
die ihn quasi dazu legitimierte, erläutern zu
müssen, warum die Wortfolge eben so und nicht
anders lautet. Warum der Vogel ein Kuckuck ist
und kein Adler. Warum die Elster Regenwürmer
und keine Elefanten frisst, warum die Mutter
und nicht der Vater das Kind verstoßen hat und
schließlich warum der Sinn der Fabel ist, dass
jegliches Tun sinnlos ist und im Namen der
Vorsehung geschieht. Die Einleitung war jedoch

fast schmeichlerisch im Gegensatz zu den Kritikerschreiben, die glücklicherweise im Anhang vermerkt worden waren. „Dilettantismus vereint ein Weltbild von voltairischem Abglanz", war noch die positivste Formulierung, die ich auf die Schnelle finden konnte. Die Einfachheit des Ausdrucks verschaffte mir jedoch anscheinend Berühmtheit. Im Interesse meiner selbst schlug ich das Buch zu und nahm es mit, um es an der nächsten Straßenecke zu entsorgen.

Ich lief weiter die Talsenke meiner Heimatstadt hinab, bis ich auf dem Rathausmarkt angekommen war, welchen neuerdings eine ausführliche Zeittafel schmückte. Ich nahm Notiz von den Jahreszahlen und stellte fest, dass es nach meinem Ableben einen gewalttätigen Bürgeraufstand im Namen der Humanität gegeben hatte. Bürger hatten um ihre Rechte als Menschen gekämpft und sich nicht selten auf meine Schriften berufen. Meine aufgeführten Zitate waren trotzdem aus dem Zusammenhang gerissen. Die Menschen gingen also immer noch auf zwei Beinen und dachten mit dem Mund. Wohin ich auch blickte und meiner Handlung Wirkung betrachtete, so war ich enttäuschter und niedergeschlagener als ich jemals hätte sein können.

In diesem Moment trat, wie aus dem Nichts, wieder Gott an meine Seite. Ich bat ihn, mich zu entlassen, um auf den Wolken Geige zu spielen oder was sonst den hohen Ansprüchen von Toten Genüge tue. Da lachte er mich aus ganzer Kehle aus und sagte: „Du brauchst aber ein neues Zuhause! Aufgrund von neuen Bestimmungen ist im Himmel leider kein Platz mehr, auch wenn du zweifelsfrei einer der größten Köpfe deiner Zeit warst. Mach dir keine Sorgen, ich finde ein neues Zuhause für dich!" Mir missfiel sein Tonfall und da merkte ich bereits, wie meine Gelenke sich versteiften,

bis sie komplett erstarrten wie eine Statue. Und noch ehe ich es dachte, war es geschehen und Gott hatte mich vollends in eine Skulptur verwandelt und platzierte mich genau in die Mitte des Platzes mit den Worten: „Ich kann mir schier nicht erklären, warum mich die Menschlein um meiner Gnade wegen anbeten. Sie sind ehrlich zu mir und ich bin ehrlich zu ihnen. Schreiberling, du bist die manifestierte Rache im Namen derer, denen sie Unrecht zufügten und misshandelten, denn auf diese Weise müssen sie deiner gedenken. Jetzt hast du den Lohn deiner Taten empfangen, denn nun bist du ewig!"
Er verließ mich und tauchte nimmer auf. Dafür umso mehr Menschen, die mich tätschelten und dabei wie kleine verliebte Mädchen kicherten. „Ich habe ihn berührt!", sagte eine Dame, während ein anderer meinte, meine gottgegebene Pose als Statue, in der ich fortan wohnte, nachzuahmen. Nie kam ich zur Ruhe. Selbst zu später Stunde kletterten die Leute an mir hoch und runter. Eben wollte ich die Augen schließen, um dem Alpdruck zu entkommen, doch es gelang mir nicht. Ein Blitz durchstreifte die Nacht, ausgelöst durch eine Lichtmaschine. Im Sekundentakt ereilten mich solche Foltern. Mir blieb es ebenso wenig erspart, dass verlotterte Köter meinen Sockel mit ihrem Urin bespritzten. Wirklich tragisch hingegen waren die Schauspiele, wenn Kinder an mir zupften und die Eltern fragten, wen diese Statue darstellte, diese aber keine Antwort wussten und ihnen lapidar antworteten: „Das war irgendein Schriftsteller." So steh ich armer Schreiberling vor euch, innerlich und äußerlich so hart wie kalt, denn ihr habt mein Schreiben bedeutungslos gemacht. Was ist ein Blutstropfen schon im Vergleich zu einem Ozean? Ich bin vergessen in der Ewigkeit - Ein Jammer! Aber wieso wollte ich bloß ewig sein?

Vergoldete Langeweile

Die Natur ist als einzige ihrem Wesen nach perfekt und sollte sie es zeitweise nicht zu sein scheinen, so macht eben dies jenen Umstand der Perfektion aus, denn spätestens mit der nötigen Weitsicht, die uns aufgrund unseres beschränkten Lebensalters manchmal abhandenkommt, erhält jegliches Handeln dennoch seinen Sinn. Doch was heißt das eigentlich - einen Sinn haben?
Jene Frage führt mich zurück auf eine Anekdote im Tierreich, in der ein Stachelschwein trübe einen ganz gewöhnlichen Tag verlebte. Seiner Ansicht nach gab es solche Tage viel zu oft, deswegen verabscheute es die Langeweile zutiefst und ergriff jeden sich ihm bietenden Strohhalm, um nicht dieser Langatmigkeit zu erliegen. Eines Nachts, als es am Tage abermals nur Trübsal blies, lief das Stachelschwein über eine Asphaltstraße. Womöglich erhoffte es dort die Antwort zu finden, was wir freilich nicht nachvollziehen können, aber wir wissen eben auch, was eine Straße ist und wofür sie gebaut wurde. Bislang hatte es solche Wege gemieden, da nur schnaufende Vehikel der Menschen im rasanten Tempo darüber hinwegfegten und es für jedes Tier ein nicht unbeträchtliches Risiko darstellte, eine längere Zeit darauf zu verbringen. Zielstrebig, aber mit dennoch weichen Beinchen, bewegte sich das Stachelschwein auf dem festen Untergrund, der den Krallen durch seine unnachgiebige Beschaffenheit kaum Halt bot. Wie es Meister Zufall wollte, war dies eine der wenigen Nächte, an dem kein einziges Automobil vorüberfuhr und im Nu wurde es wieder hell und das arme Tierchen konnte seine Langeweile trotz der Straße nicht vertreiben. Traurig ließ es sich auf einem Hügel nieder, auf welchem eine Birke stand.

Der Baum bot durch seine hagere Gestalt unzulängliche Möglichkeiten des Schattenspendens, weshalb das Tierchen jetzt auch beim Schlafen gestört wurde. „Nichts wird einem gegönnt!", schnaubte es verdrossen und schloss darum noch fester die Augen, aber auch das sollte nichts helfen, denn die Sonne färbte die Lider mit grellem Orange- bis Rosatönen, die ein Einschlafen verhinderten. Mit einem Ruck sprang das Stachelschwein auf seine vier Pfoten und bemerkte nicht, dass der Abglanz der Sonne seine gewöhnlich schwarz-weißen Stacheln in eine goldene Pracht verwandelt hatte. Als es sich jedoch wähnte, weiterhin von der Sonne verfolgt zu werden und zurückblickte, sah es sein neues Stachelgewand und war zuerst wenig davon begeistert: „Was soll ein Bettler mit einem goldenen Lumpen an Kleidung? Macht ihn das satt? Wird dadurch etwa sein Verlangen nach Wasser gestillt? Was nützt so ein Wunder?" Verdrießlich wendete sich das Stachelschwein wieder der Straße zu und folgte dieser mit dem Vorhaben erst dann umkehren zu wollen, wenn es ein Automobil gesehen hätte. Wie am Abend zuvor blieb die Straße jedoch komplett frei von jeglichen Maschinen, die sie sonst zuhauf befuhren. Diese außergewöhnlichen Umstände verwirrten das vergoldete Tier nicht maßgeblich, sondern bestärkten es hingegen in seinem Vorhaben, weiter der Straße zu folgen. Noch ehe es sich versah, erreichte es nach unzähligen Serpentinen, die schlangengleich auf einem Hügel feist im Nachmittagslicht ruhten, eine Stadtmauer, hinter welcher ein lautes Marktgeschrei an die kleinen braunen Ohren drang. Vom Nervenkitzel elektrisiert, durchschritt das Stachelschwein das Portal und der erste Mensch ließ nicht lange auf sich warten. Jener sah die goldenen Stachel, die kokett vor seinen Augäpfeln hin und her wippten, war sich aber gleichzeitig

der Gefahr der langen und vor allem spitzen Nadeln bewusst, weswegen er scheinheilig äußerte: „Ai, was hast du für ein schönes Kleidchen an? Ich wünschte, die Natur hätte mich ebenso reich beschenkt!"
Die Schmeicheleien wohlwollend aufnehmend nickte das Stachelschwein, stieß einen Stachel von sich und ließ ihn auf dem Boden zurück. „Hab Dank", erwiderte der Günstling und verschwand schnurstracks in einer verzweigten Gasse. Bald darauf lief dem goldenen Tier eine Frau entgegen, die ohne große Umschweife das Tier ebenso wie der Mann als schönstes Stachelschwein der Welt lobpreiste. Abermals verlegen stieß das Tier bei ihr sogar zwei Stacheln ab, die die Frau mit vielen Verbeugungen aufnahm und ebenso schnell wie ihr Vorgänger verschwand. Beim nächsten Meter kam ein Kind des Weges, welches ohne Umschweife mit seinen Schmeicheleien aufwartete und so wurde ein jedes Kind, das es ihm gleichtat, mit zwei bis drei goldenen Stacheln berücksichtigt. Reichlich lädiert durch die milde Spenderlaune glich das Tier einem gerupften Huhn, obwohl es als eine wahre Siegertrophäe die Tore der Stadt durchschritten hatte. Doch auch weiteren Bittstellern konnte sich das Tierchen nicht versagen, da es glaubte, die Menschen würden sich sonst von ihm abwenden und es in seiner Langeweile zurücklassen. Als es noch einen jämmerlichen, dafür umso glänzenderen Stachel auf dem Buckel herumtrug, begegnete es abermals dem allerersten Mann, welcher die mildtätige Gabe empfangen durfte: „Ein Hoch auf das schönste Stachelschwein von allen auf dieser Welt! Du bist nun schöner als zuvor, doch sag, stört dich dein letzter Stachel nicht, der aus der blanken Ansicht hervorragt? Viel leichter wär's, du würdest ihn mir schenken, dann hast du keine Last mehr zu tragen!"

189

Da es sich dabei, wie erwähnt, jedoch um den letzten Stachel handelte, wollte das Tier nicht so recht auf die Bitte eingehen und weiterziehen. Da wurde der Mensch plötzlich grob und schrie böse: „Du kannst dich ohnehin nicht mehr verteidigen, denn deine Waffen hast du hergeschenkt. Warte ab, ich will untersuchen, ob du nicht vielleicht auch noch zum Bersten voll mit Gold gefüllt bist!" Das Tierchen fühlte die drohende Gefahr gepaart mit der Kränkung stärker als die frische Luft, die über seine nackte Haut wehte. Verstärkt wurde das Gefühl als es im Hintergrund eine geöffnete Türe sah, woraus die Frau mitsamt den Kindern lugte, die es einst beschenkt hatte. Der gierige Vater hatte immer neue Verwandte gefunden, die einen Stachel nach dem anderen erbetteln sollten, bis das Tier schutzlos war. Mit aller Kraft spreizte das Stachelschwein dem Nutznießer seiner Leichtgläubigkeit seinen letzten Stachel entgegen und entfloh mit Glück durch ein Loch in der Mauer zurück zur Natur, die schützend die Landschaft mit blassem Nebeldunst erfüllte.
Im Schutze dieser Wolke blieb es sowohl der Straße, wie den Menschen fern, denn die Natur hatte es gelehrt, dass das Dulden von Langeweile sinnvoller ist, als sie krampfhaft bezwingen zu wollen, denn jegliches Handeln zerstört womöglich das, mit welchem man einst zufrieden gewesen war.

Von gestern, heute und morgen

„Heute ist wie jeder Tag. Die Sonne ging auf und noch ehe der Hahn in seiner gewohnten Pose mit inbrünstiger Stimme zum Morgenruf anhob, läutete der penetrante Ton des Weckers", dachte er bei sich „Es war wie gestern und wird wie morgen sein. Der strahlende Himmelskörper steigt wie ein Ballon, übersät die Täler und verscheucht durch seine goldene Wonne den Nebeldunst, bis er im erquickenden Nass des Kanals badet, als ob es dort etwas Besonderes zu entdecken gäbe. Vielleicht wäre der Tag besser, wenn die Sonne im Verborgenen hinter den wellenartigen Erhebungen des Horizonts bliebe."

Das Pausenbrot war in der Küche bereits fertig für ihn gepackt und lag in einer braunen Papiertüte - wie jeden Morgen. Auf dem Weg zur Schule gab es weiter keine Überraschungen. Die Menschen gingen mit pulsierenden Adern auf der Stirn zur täglichen Arbeit und er, er ging zur Schule. Die Vögel sangen unterdessen ihr Lied, welches er ebenso gestern zu hören glaubte. Immer kurz nachdem er die liliputanische Holzbrücke überquerte, ertönte nach einer kurzen Pause ein lang anhaltender piepsiger Ruf, in welchem er glaubte, seinen Namen herauszuhören.

Wie es gute Tradition war, bildete der Abschluss eines jeden Schultages ein Treffen mit seinen zwei Kameraden. Gemeinsam saßen sie an einer Waldschneise auf einer Birkenbank und schwatzten.

„Ich habe heute ein Lob bekommen von unserer Klassenlehrerin, sie lobte meine schnelle Auffassungsgabe. Sie meinte, dass dies mir später im Berufsleben noch sehr nützlich sein wird." Der andere meinte „Ich habe gestern von ihr ein Lob bekommen. Sie meinte, dass mir das handwerkliche Geschick in die Wiege gelegt wurde.“

„Am Wochenende fährt mich mein Vater zu einem
Autorennen. Dort fährt übrigens auch dein
Lieblingsfahrer, der mit den kurzen blonden
Haaren, mit. Weißt du, wen ich meine?“
„Ja, ich fahre heute auf einer Kartstrecke, wo
er als siebenjähriges Kind bereits gefahren
sein soll.“
Die Gespräche wären ebenso gut oder schlecht
verlaufen, wenn seine Anwesenheit ausgespart
bliebe - genau wie gestern und morgen. Niemand
von ihnen interessierte sein Schultag. Darum
saßen sie weiterhin an der Waldschneise und
er, er war der stille Zuhörer.
„Mein Zeugnis wird bald fertig geschrieben
sein. Ich erwarte überzeugende Resultate.
Meinen Traumberuf im größten regionalen
Finanzinstitut habe ich trotzdem schon sicher
in der Tasche.“ „Ich habe in Sport und Technik
eine zwei plus. Wenn die Antworten zu meinen
dutzend Bewerbungen zurückkommen, werde ich
mir eine Stelle aussuchen können.“
„Ich habe heute mein neues Mobiltelefon
geschenkt bekommen. Das kostet im Fachladen
von nebenan 489 Taler! Mir war besonders
wichtig, dass es vom gleichen Unternehmen
hergestellt wurde, wie mein mobiler Computer.
Gerade für meine Zukunft sind solche Dinge
unerlässlich.“ „Ich habe mir heute ein Schrau-
benzieherset schenken lassen. Das hat sogar
einen Wert von 554 Taler! Es war zwar teuer,
aber dafür werde ich es ein Leben lang besitzen.“
Auch als die Schulzeit vorbei war, trafen sich
die drei im geregelten Turnus auf der Birkenbank. Wie sollte es auch anders sein? Immerhin
war es Tradition und die Vögel, die sangen
schließlich immer noch und auch die Sonne ging
jeden Tag auf. Die Waldschneise war mittlerweile ein Feld. Nur noch tote Baumstumpfe
ließen erahnen, dass Flora und Fauna an diesem

Ort schon bessere Zeiten erlebten. „Heute konnte ich einen Kunden gewinnen, der sich zuallererst lediglich informieren wollte. Am Ende habe ich ihn überzeugt. Er hat nun ein Girokonto, einen Sparvertrag und zwei Versicherungen bei uns, die er eigentlich gar nicht braucht, aber dafür bekomme ich eine Stange Geld über die Provision ausgezahlt. Dafür kaufe ich mir dann endlich den neuen Volkswagen." „Mir erging es heute ähnlich in meinem Beruf. Ich ließ anordnen, dass wir nicht das versprochene Material zur Dämmung des Hauses verwenden werden, sondern die preiswertere Variante. Die Differenz floss nahtlos in meine Tasche. Dadurch ist endlich für meine komplette Familie der Urlaub nach Honolulu möglich. Wir können es kaum erwarten!"
Die Gespräche wären ebenso gut oder schlecht verlaufen, wenn seine Anwesenheit ausgespart bliebe - genau wie gestern und morgen. Niemand von ihnen interessierte sein Beruf. Darum saßen sie weiterhin am Feld und er, er war der stille Zuhörer.
„Heute ist mir etwas Außergewöhnliches passiert! Der Kunde von vor vielen Jahren kam wieder und wollte die zwei unnützen Versicherungen in Anspruch nehmen, die ich ihm verkauft hatte. Die Policen leisteten nicht und er hat folglich auf Falschberatung geklagt und ich wurde dafür entlassen. Ich weiß nicht weiter. Seit letzter Woche muss ich sogar die öffentlichen Verkehrsmittel nutzen." „Das kann ich verstehen. Aber wenn du glaubst, es geht nicht schlimmer, dann höre dir das mal an: Ich erzählte euch von dem billigen Material, welches ich angeordnet hatte zu verbauen? Nun ja, es ist geschimmelt und mit ihm die Wände. Das Eigentumshaus stürzte schließlich sogar ein. Da es niemand vorherahnte, kam dadurch ein kleines Kind ums Leben und ich habe meine Arbeit ebenfalls verloren."

Auch als das Berufsleben vorbei war trafen sich die drei bei ihrem angestammten Platz, welcher mittlerweile jedoch einer Eisenbank wich. Wie sollte es auch anders sein? Immerhin war es Tradition und die Vögel, die sangen schließlich immer noch und auch die Sonne ging jeden Tag auf. Das Feld war mittlerweile eine vierspurige Schnellstraße zwischen zwei Autobahnen. Nur noch die Erinnerung blieb und wusste, dass Flora und Fauna an diesem Ort schon bessere Zeiten erlebten.
„Mein Arzt hat mir bescheinigt, dass meine Nervenkrankheit zunehmend schlechter wird. Meine Frau umsorgt mich zwar, aber an Besserung ist wohl kaum mehr zu denken."
„Mein Arzt stellte mir die Diagnose einer besonders schweren Gicht. Bald werde ich nicht mehr mit meinen Händen arbeiten können, so wie ich es mein ganzes Leben tat. Bald muss jemand anders das Grab meiner Frau pflegen, denn ich werde dazu nicht mehr in der Lage sein."
Die Gespräche wären ebenso gut oder schlecht verlaufen, wenn seine Anwesenheit ausgespart bliebe - genau wie gestern und morgen. Niemand von ihnen interessierte seine Gesundheit. Darum saßen sie weiterhin an der Schnellstraße und er, er war der stille Zuhörer.
Eines Morgens stand er auf, um hinkend den gemeinsamen Treffpunkt aufzusuchen, denn auch seine Knochen waren nicht mehr die jüngsten gewesen. Er saß alleine auf der Bank und dachte an die malerische Waldschneise von damals. Wie voll roch die Natur nach Tannen! Nach einigen Stunden saß er noch immer alleine hier. Jetzt schlug er die Tageszeitung auf, um das Warten zu verkürzen und konnte folgendes unter den Todesanzeigen lesen:
"Wir verabschieden uns von einem guten Mann, der stets nach dem Besten strebte und nun in Folge seiner Krankheit von uns gegangen ist."
Auf gleicher Höhe stand eine weitere Anzeige:

"Wir verabschieden uns von einem guten Mann,
der stets nach dem Besten strebte und nun in
Folge seiner Krankheit von uns gegangen ist."
Er faltete die Hände, die mit nussbraunen
Flecken besprenkelt waren, vor dem runzligen
Rosinengesicht und brach dabei in Tränen aus.
In einem salzigen Rinnsal flossen sie aus
seinen Augenhöhlen und füllten die Faltentäler
mit Flüssigkeit. Es war jedoch keine Trauer in
ihm, denn es waren wahrhaft Tränen der Freude,
denn er wusste, dass heute nicht wie gestern
war. Und morgen?

Von Technik und anderen Übeln
Komödie in einem Akt

Personen:
Peter, Kundenberater einer regionalen Bank
Adam, in erster Linie Bauer, in zweiter Bruder
Vaceslav, studentisch kasachische Aushilfe

Handlungsort:
Vogtland

Akt I Auftritt I

Auftritt Peter und Adam in einer bunt geschmückten Wohnstube. Der Tannenbaum ist zentraler Mittelpunkt des Zimmers. Das Lied „Heidschi Bumbeidschi" kriecht derweil erneut aus den Boxen der Musikanlage.

Peter: Ach, wie ist das alles toll. Einfach wunderbar. Endlich haben wir die langersehnten Feiertage vor der Brust, in denen der gesamte Stress der Vorweihnachtszeit von einem abfällt und das, was danach übrig bleibt, ist ein bunter Strauß voll Freude, der im Kreise seiner Liebsten genossen werden kann.

Adam: Langweilig ist es ja schon ein bisschen.

Peter: Vielleicht. Aber wann hast du sonst die Möglichkeit, dich bequem in deinen Ohrensessel zurücksinken zu lassen, um einfach aus einer Lust heraus, weil es wirklich nichts zu tun gibt, ein gutes Buch zu lesen?

Adam: Langweilig.

Peter: Vielleicht. Aber auf diese Weise hast du ausreichend Zeit für deine Familie. Das ganze Jahr siehst du sie nur schlafend,

weil du auf der Arbeit wieder Überstunden
machen musstest, und eben zu diesem Zweck
wurde Weihnachten erfunden, denn es bildet
quasi eine konzentrierte Variante von allen
Treffen, bei denen du abwesend warst.
Adam: Langweilig.
Peter: Vielleicht soll es uns aber auch
lediglich ermöglich, ein weiteres Hobby,
beziehungsweise überhaupt ein Hobby, zuzu-
legen. Wir könnten lernen, wie man Gitarre
spielt oder uns sportlich betätigen – das
spannt nicht nur die Sehnen, sondern auch
den Geist.
Adam: Um es nach den Feiertagen gleich wieder
aufgeben zu können? Nein, danke, ich bin zu
faul zum Aufgeben.
Peter: Dann tun wir eben einfach gar nichts.
Schon Lao-Tse wusste zu sagen: „Übe dich im
Nichtstun, der Rest kommt von allein.“
Adam: Langweilig.
Peter: Aber wenn wir selbst uns zum Nichtstun
nicht aufraffen können, dann müssen wir
wohl irgendetwas anderes machen. Die Zeit
vergeht sonst so zäh wie Kaugummi. Die
Weisheit sagen wir uns schon jeden Tag in
der Bank, weil sie bisher auch immer Recht
behalten hat.
Adam: Und was macht ihr dann?
Peter: Wenn wir einen Termin für den über-
nächsten Monat vorbereiten müssen, lassen
wir uns mit dem Ausdrucken der Unterlagen
extra lange Zeit, mindestens dreimal solange wie normal dauert dann alles. Es wird
über die Computer geschimpft und alle die,
die an der Entwicklung dieses zurückgeblie-
benen Programmes mitgewirkt haben. Da vergeht die Zeit ruckzuck, gerade weil jede
Kleinigkeit das Hauptgesprächsthema wird.

Ausnahmslos alles wird kommentiert und jede
Unebenheit ruft ein ganzes Kriminalarsenal
auf die Agenda. Sämtliche Filialmitarbeiter
sind im Halbkreis vor dem Computer aufge-
stellt und fachsimpeln, bis das Problem
sich als Anwenderfehler herausstellt. Das
ist bei dir ja eher anders.
Adam: Nun, zur Erntezeit gibt es auch bei uns
genug zu tun – da beschwert sich niemand,
aber außerhalb der typischen Saisonarbeiten
ist es meist sehr eintönig. Früher gab es
wenigstens noch Höhen und Tiefen im Alltag,
mittlerweile ist alles eine gerade Linie.
Peter: Wie spät ist es?
Adam: Genau eine Minute später als vor einer
Minute.
Peter: Selbst die Zeit spielt gegen uns und
das Essen kann wohl dauern. Wenn ich bloß
daran denke - wieder Sauerkraut.
Adam: Und erst die derben Bockwürste. Um
Himmelswillen, auch das noch!
Peter: Wenn es aber wenigstens schon fertig
wäre, dann könnten wir ausgiebig im Laien-
Jargon debattieren und unsere nicht vorhan-
denen Kenntnisse zu Geltung bringen.
Adam: Jeder weiß eben etwas Anderes, aber
niemand weiß es genau.
Peter: Richtig, keiner hält mit seiner Bauern-
schläue hintern Berg.
Adam: Hä?
Peter: Nein, wir versauern hier, wenn wir noch
eine Minute länger bleiben. Wenn ich meine
Arbeit nicht hätte, würde ich nicht mehr
vor die Türe kommen und Zuhause krepieren.
Dieselben Gesichter tagein tagaus und jeder
kennt mich. Was soll ich da noch großartig
am Abend berichten? Mir erschließt es sich
nicht, wie man so eine Posse erstrebenswert

finden kann. Wir sind eben Männer und Männer müssen jagen!
Adam: Jagen müssen Männer, jawohl!
Peter: Und ist der Heiligabend nicht auch für
uns bestimmt?
Adam: Na und ob.
Peter: Wohlan, dann machen wir das, wovon wir
innerhalb der Woche immer sagen, dass es
uns offenkundig unendlichen Verdruss bereitet - lass uns arbeiten gehen!
Adam: Jawohl, denn wer keine Arbeit hat, kann
sich nicht verwirklichen.
Peter: Los, nicht das wir unnötig Zeit vertrö-
deln. Die Frauen lassen gerade die Würste
zu Wasser und die Kinder sitzen nervös vorm
Fernsehgerät; alle sind beschäftigt und wir
bald ebenso!
Adam: Auf und frisch ans Werk!

Beide ab

<u>Akt I Auftritt II</u>

*Auftritt Vorherigen mit Pantoffeln, dafür
aber im modischen Trenchcoat in einer
Bankfiliale in der Nähe des Plauener
Rathauses.*

Peter: Wir sind angekommen! Riechst du die
Luft der letzten Monatswende? Ach, wie bin
ich glücklich. Es ist schön, dass du mich
begleitest, so bin ich nicht alleine bei
der Arbeit, das stimmt mich immer verdrießlich. Zumal ich mit dir wenigstens einen
Kunden habe, den ich beraten kann. Ich benötige übrigens noch eine Lebensversiche-
rung für meine Zielerreichung. Wie alt bist
du noch einmal?

Adam: *(liest laut das Plakat vor, was in einem
    Aufsteller gefasst vor ihnen steht)* Sehr
    geehrte Kunden, wir bedauern, Ihnen mittei-
    len zu müssen, dass wir die Serviceleistun-
    gen unserer Filiale zum Beginn des neuen
    Kalenderjahres reduzieren müssen. Bitte
    nutzen Sie von nun an ausschließlich unsere
    Automaten. Darüber hinaus steht Ihnen das
    Internetbanking wie gewohnt zur Verfügung.
    Von nun an erreichen Sie in dringenden Not-
    fällen telefonisch unter 0800 111 0 111
    vierundzwanzig Stunden sieben Tage die Wo-
    che ein spezielles Expertenteam, das Ihnen
    gerne weiterhilft. Wir freuen uns, Ihnen
    auch im neuen Jahr ein gebührenfreies Giro-
    konto anbieten zu können und wünschen Ihnen
    und Ihrer Familie ein frohes Fest!
Peter: Was hat das zu bedeuten?
Adam: Ich fürchte, du musst Zuhause krepieren.
Peter: Aber wie kann das sein? Gestern war
    alles noch wie immer, aber wieso ist heute
    alles anders? Ich habe die Filiale als
    letzter abgeschlossen. Wer hat dieses Pla-
    kat, dieses Stück Papier, was urplötzlich
    wie ein Paukenschlag mein Leben umkrempelt,
    angebracht?

Auftritt Vaceslav

Vaceslav: *(drängt sich vorbei)* Gestatten Sie?
    Ich muss dadurch, arbeiten versteht sich.
Peter: Arbeiten, was haben Sie hier schon zu
    arbeiten?
Vaceslav: Ich habe eine Kurznachricht auf mein
    Mobiltelefon erhalten, dass das Papier des
    Kontoauszugsdruckers leer ist und deswegen
    bin ich ins Lager gefahren, habe neues ge-

holt und tausche es nun aus. Bereitschaft
eben.
Peter: Und das Plakat? Haben Sie das auch
angebracht?
Vaceslav: Natürlich, es fällt zwar aus dem
Rahmen meines klassischen Tätigkeitsbereiches, aber über die Feiertage nutzt man
jede Minute, um etwas Geld zu verdienen,
nicht wahr?
Peter: Wer hat Ihnen den Auftrag erteilt?
Vaceslav: Die von ganz oben gaben die Order.
Peter: Kuhs?
Vaceslav: Nein, den kenn ich nicht.
Peter: Scholz?
Vaceslav: Nein, den kenn ich auch nicht,
bedaure.
Peter: Aber von wem kommt sonst dieser grausige Auftrag.
Vaceslav: Von noch weiter oben.
Peter: Noch weiter oben als Kuhs und Scholz?
Aus der Riege des Regionalvorstandes kenn
ich dann leider keinen mehr.
Vaceslav: Da kann ich Ihnen auch nicht weiterhelfen.
Peter: Ich lasse mich nicht einfach ausbooten
wie ein altes Wrack! Ich habe immerhin Verdienste. Die Bank stünde niemals da, wo sie
jetzt steht. Wir sind im sächsischen Sparkassenverband die drittstärkste von vier
Kräften und das ist einzig meinem verhandlungssicheren Verkaufstalent geschuldet.
Vaceslav: Wenn Sie das sagen.
Peter: *(zeigt auf den Geldautomaten)* Was kann
die Maschine besser als ich?
Vaceslav: Das ist nicht irgendeine Maschine -
das ist der Bot1010k und er ist rund um die
Uhr für Kunden verfügbar, die einen Ansprechpartner brauchen.

Peter: Aber das kann einen Menschen doch nicht
    ersetzen.
Vaceslav: Das ist auch nicht das Ziel. Die
    Maschine ist eine Maschine und der Mensch
    ist ein Mensch. Wenn Sie eine Beratung wün-
    schen, können Sie eingangs zwischen einem
    weiblichen oder einem männlichen Berater
    wählen. Es gibt darüber hinaus verschiedene
    Profile, sodass Sie genau mit dem Bild kom-
    munizieren, dass Ihnen sympathisch ist.
Adam: Das kannst du nicht verneinen. Es gibt
    immer Leute, die dich nicht mögen.
Peter: Wer sorgt dann aber bitte für die
    Beratungsqualität?
Vaceslav: Das Programm erfährt regelmäßige
    Updates, die auf die jeweiligen gesetzli-
    chen Vorschriften abgestimmt sind. Dadurch
    entstehen weniger Fehler, der Kunde bekommt
    das, was er will und ist zufrieden.
Adam: Das kannst du nicht verneinen. Solange
    es Menschen gibt, wird es auch Fehler ge-
    ben.
Peter: Aber wenn die Maschinen von Menschen
    entwickelt werden, ist es logisch, dass
    diese ebenso Fehler beinhalten. Unterm
    Strich wird die Rechnung ausgeglichen sein.
Vaceslav: Ganz und gar nicht. Fehler, die
    durch eine falsche Programmierung hervorge-
    rufen werden, sind nahezu ausgeschlossen
    und fällt ein System komplett aus, entsteht
    der Bank letztlich ein geringerer Schaden,
    als wenn ein durchschnittlicher Fehler von
    einem Mitarbeiter verursacht wird.
Adam: Lass uns zu mir auf Arbeit gehen. Auf
    dem Land ist die Welt noch wie vor einhun-
    dert Jahren und in Ordnung. Du kannst den
    Fortschritt nicht aufhalten.

Alle ab.

<u>Akt I Auftritt III</u>

*Auftritt Peter und Adam, nun auch in grünen
Gummistiefeln vor einer Scheune, welche sich
unweit der Ortschaft Kauschwitz befindet.*

Adam: Wir sind angekommen! Wie habe ich es
    vermisst, dabei war ich vor wenigen Stunden
    noch tatkräftig bei der Arbeit. Das Obst
    ist längst in der Mosterei, alle Vorkehrun-
    gen für die Bestellung der Felder wurden
    geregelt, jetzt bleibt im Prinzip nichts
    mehr übrig, außer sich um Vieh zu kümmern.
Peter: Beeil dich und mach das Tor auf. Ich
    spüre schon, wie die Eiszapfen an meiner
    Nase länger und länger werden.
Adam: Abgeschlossen.
Peter: Wie geht das?
Adam: Indem der Schlüssel in das dafür vorge-
    sehene Loch geschoben wird und der Zylinder
    den Riegel betätigt und somit schließt.
Peter: Das ist mir klar, aber wieso jetzt?
Adam: Wir sperren niemals zu. Gestern war auch
    alles wie immer.
Peter: Gestern war alles noch wie immer, aber
    wieso ist heute alles anders?

Auftritt Vaceslav

Peter: Was sucht der schon wieder hier?
Vaceslav: Bereitschaft, Sie verstehen, wer
    heutzutage nicht technikaffin ist und sich
    zu schade ist für die kleinen Arbeiten, der
    bekommt die großen in Bälde gänzlich entzo-
    gen.
Adam: Was soll das heißen?

Vaceslav: Das kann ich Ihnen nicht genau
    sagen, aber ich vermute, dass Sie einfach
    überflüssig geworden sind.
Peter: Das kannst du nicht verneinen. Nachdem
    du den Bauernhof an den Konzern verkauft
    hast, hat es sich mehr und mehr abgezeich-
    net.
Adam: Ich und überflüssig? Ich bin nicht
    einfach austauschbar, seitdem ich einen
    Schritt vor den anderen machen kann, arbei-
    te ich auf dem Feld. Das Tiere Hüten kam
    gar noch zuvor.
Vaceslav: Dann wird es nun aber Zeit für
    Abwechslung. Beschäftigen Sie sich mehr mit
    der Familie oder gehen Sie vielleicht einer
    neuen spannenden Tätigkeit nach.
Adam: Langweilig.
Vaceslav: Nun gut, solange ich dafür nicht
    auch bezahlt werde, muss ich mir darum kei-
    ne Gedanken machen. Aber wer weiß. Die Kühe
    bekommen nun ihren vollelektronischen
    Bot1020i installiert. Der schont das Euter,
    wodurch eine Kuh wesentlich mehr Milch gibt
    als früher von Hand.
Adam: Bei mir hat sich noch keine Kuh be-
    schwert!
Vaceslav: Das nicht, aber haben Sie auch so
    viel Milch melken können? Glückliche Kühe,
    arme Bauern ist das Motto, denn nur Quanti-
    tät zählt, wodurch die Kuh im Mittelpunkt
    steht.
Peter: Das kannst du nicht verneinen. Viel
    hilft immer viel.
Adam: Aber wenn die Kuh die ganze Zeit gemol-
    ken wird, kann sich das Calcium nicht
    schnell genug regenerieren, wodurch die
    Milch weniger gesund wird.

Vaceslav: Papperlapapp. Darum sorgen Sie sich
    nicht, Großväterchen, denn wofür gibt es
    das Marketing? Die Firma, die Ihre Kühe
    gekauft hat, hat eine ganze Horde von
    Psychologen im obersten Geschoss eines
    Hochhauses in Frankfurt sitzen. Dafür sind
    wir beide zu dumm.
Peter: So etwas haben wir auch.
Vaceslav: Die machen eine Fotografie von einer
    tanzenden Kuh mit Sonnenbrille und schicker
    ausgefranster Cowboyweste und schreiben
    flapsig als Bildunterschrift „Neues auspro-
    bieren schadet nie, probieren Sie die neue
    Milch". Das Gütesiegel, welches sie von der
    Tochterfirma verliehen bekommen haben, darf
    selbstverständlich auch nicht fehlen.
Adam: Aber es ist schlechtere Milch!
Vaceslav: Darum ist es die neue Milch!
Adam: Spätestens im Herbst, zur Hochkonjunk-
    tur, werden sie mich dann wieder brauchen
    und ich werde nicht billig sein, immerhin
    muss ich meinen Verdienstausfall neutrali-
    sieren.
Vaceslav: Die Technik ist schnelllebig. Ein
    dreiviertel Jahr, haben Sie eine Vorstel-
    lung, was da alles passieren kann?
Adam: Nein, alles vermag die Technik nicht zu
    können.
Vaceslav: In Japan und Amerika wurden bereits
    Feldmaschinen getestet, die in einer Fahrt
    die Kartoffeln aus der Erde heben, aussor-
    tieren, putzen, in Scheiben schneiden und
    zu Chips frittieren. Ihnen fehlt lediglich
    noch das passende Zusatzgerät für die Plas-
    tiktüten et voilà!
Adam: Ich versteh das alles nicht. Und was ist
    mit den Erntehelfern? Die haben auch alle
    eine Familie zu ernähren, immerhin geht es

nicht nur mir so. Das wird mehr als eine
Revolte, das wird eine waschechte Revoluti-
on gegen die Technik nach sich ziehen.
Vaceslav: Die Tagelöhner sind jetzt Program-
mierer und gefragter denn je. Die werden
ihr neues Luxusleben in Saus und Braus kaum
für Sie, der sie immer unter Wert bezahlt
hatte, verkaufen.
Adam: Ich …
Peter: Lass gut sein. Es gibt nichts mehr für
uns zu tun. Lass uns gehen.

Alle ab.

Akt I Auftritt IV

*Auftritt Peter und Adam zitternd hinter dem
Geländer der Göltzschtalbrücke.*

Adam: Nachhause können wir nicht und auf
Arbeit können wir nun ebenso wenig.
Peter: Die Feiertage gehen vorbei.
Adam: Und dann müssen wir weiterhin bei der
Familie bleiben, weil uns die Technik jegliche Existenzberechtigung unter den Füßen
weggezogen hat.
Peter: Wir sind aber auch selbst schuld.
Adam: Wie meinst du das? Wir können schließlich nichts dafür, dass wir unsere Arbeit
an Maschinen verloren haben.
Peter: Dafür freilich nicht, aber wir haben es
kommen sehen. Jeder wollte sich überbieten
und nichts mehr hat ausgereicht. Als Mensch
stößt man schnell an seine natürlichen
Grenzen. Da bleibt einem nur das Duell, wer
die bessere Technik besitzt. Überleg nur,
wie viele Mobiltelefone allein in unserer
Wohnstube gerade unterm Tannenbaum liegen?

206

Und das alles trotz der Tatsache, dass jeder ein funktionierendes Telefon besitzt.

Adam: Neue Besen kehren eben besser, laut einer Bauernweisheit.

Peter: Aber nur am Anfang.

Adam: Und wenn der Besen kaputt ist, kauft man einfach einen neuen.

Peter: Dadurch, dass es heutzutage alles Vorstellbare von der Stange zu kaufen gibt, kauft man nur wegen des Kaufen willens, man baut keinerlei Beziehungen mehr zu den Gegenständen auf.

Adam: Du trauerst einer nicht zustande gekommenen Beziehung zu einem Besen hinterher?

Peter: Natürlich nicht, aber damals gab es eben nur einen Besen und den haben sich häufig mehrere Familien geteilt und da es schwierig war, eine Alternative zu beschaffen, wurde besonders Obacht gegeben, denn die täglichen Arbeiten hätten sich wesentlich schlechter verrichten lassen und daher gehörten solche Utensilien mit wachsender Zeitspanne zur Familie.

Adam: Daran tragen nur die Niedriglöhner schuld!

Peter: Nein, ganz sicher nicht, die machen nur das, was sie können. Die wissen eben, sich zu verkaufen, wir hingegen nicht und deswegen sind wir unnütz geworden für die Gesellschaft.

Adam: Du willst es also wirklich tun?

Peter: Haben wir eine andere Wahl?

Adam: Unsere Familien werden es nicht verstehen.

Peter: Das braucht uns nicht mehr zu kümmern, da, wo wir hinkommen.

Adam: Was meinst du, wo wir hinkommen werden?

Peter: Ganz egal wohin, es wird woanders sein
und woanders ist es immer besser als an den
gewohnten und verbrauchten Stellen. Es gibt
immer einen Zeitpunkt im Leben, wo einem
jeder Tag wie der billige Zusammenschnitt
an Wiederholungen der ganzen Vorjahre vor-
kommt. Und wenn es nichts Neues zu entdecken gibt, kann man auch nichts Anderes
reden und die Verkalkung beginnt allmählich. Wir machen es richtig!
Adam: Bereust du gar nichts?
Peter: Ich bereue, dass ich nicht ein kalter
Kerl wie dieser Robeck bin. Er fasste seinen Entschluss, schrieb eine Abhandlung
über seine Beweggründe und versenkte sich
auf Nimmerwiedersehen anschließend in der
Weser – der hatte Schneid. Wir jammern
stattdessen wie Heulsusen und bemitleiden
uns selber. Am Ende machen wir es wahrscheinlich trotzdem nicht.
Adam: Dann lass uns nun einmal das Richtige
tun! Morgen bereuen wir es.
Peter: Nein, ich mach da nicht mit, das
Sauerkraut und die Bockwurst sind bestimmt
schon erkaltet.
Adam: Dann schmecken sie sowieso nicht mehr.
Peter: Aber das Strahlen der Kinderaugen, wenn
sie die Geschenke öffnen?
Adam: Sind eine Stunde später schon erloschen,
weil das Gerät einen Anschluss zu einem
neuen Gerät hat, was sie tragischerweise
nicht dazu geschenkt bekommen haben.
Peter: Und unsre Gattinnen? Wer sorgt für sie?
Adam: Die Versicherung! *(reißt ihn mit einem
Ruck vom Geländer los und sie stürzen ge-
meinsam in die Tiefe)*
Peter: *(im Fallen)* Die leistet doch nicht bei
Selbstmord!

Auftritt Peter und Adam, die von lodernden Flammen umringt sind und in deren Schein sich eine geschlossene Felsendecke offenbart.

Peter: Du Idiot! Jetzt werden unsere Frauen ohne Geld da stehen.

Adam: Ach, davon kann man sich sowieso nichts Sinnvolles mehr kaufen, also gräme dich nicht allzu sehr deswegen.

Peter: Wo sind wir hier gelandet?

Adam: Aus zahlreichen Filmen, die ich im Feierabend geschaut habe, kann ich behaupten, dass die meisten Glaubensrichtungen Feuerlandschaften nach dem Tod selten mit positiven Aspekten in Verbindung bringen.

Peter: Der Himmel ist also ausgeschlossen.

Adam: Es ist indes beruhigend zu wissen, dass, wenn es eine Hölle gibt, es auch einen Himmel geben muss.

Peter: Vielleicht nehmen die noch Bewerbungen an, denn immerhin haben wir uns ein Leben lang nichts zu Schulden kommen lassen. Wir folgten immer dem Gesetz und sind einer anständigen Arbeit nachgekommen. Und ein kleiner Ausrutscher kann jedem einmal passieren.

Adam: Du hättest dich ja beispielsweise auch am Papier schneiden können und noch bevor du dich versiehst, schwimmst du in deinem eigenen Blut.

Peter: Oder du hättest vom Traktor überrollt werden können, während du den Erdäpfeln Namen zuteiltest.

Adam: Oder ein wütender Kunde, der sich von dir betrogen fühlte, stürmte zur Bank hinein und hätte dich rücklings niedergeschos-

sen. So etwas kam erst neulich in den Spät-
nachrichten.
Peter: Oder eine Kuh, die du zu indiskret am
Euter melken wolltest, schlug aus und trat
dir an die Schläfe.
Adam: Alles kann passieren, aber trotzdem
passiert nichts, also mussten wir selbst
nachhelfen, um unseren Tod herbeizuführen.
Das sieht Gott selten gern.
Peter: Wie es aussieht, sind wir hier aber nur
in einem Vorhof. Hier gibt es keine Men-
schenseele.
Adam: Das stimmt. Wenn dies wirklich die Hölle
wäre, müsste sie vor einer Menschenflut
überschäumen.
Peter: Wobei - nicht jeder begeht Selbstmord.
Adam: Man kommt auch anders hierher.
Peter: Hörst du das?
Adam: Nein, was soll ich hören?
Peter: Das sind eindeutig Schritte.

Auftritt Vaceslav

Vaceslav: *(drängt sich vorbei)* Gestatten Sie?
Ich muss dadurch, arbeiten versteht sich.
Peter: Was sucht dieser Gimpel nun hier? Hat
man denn selbst in der Hölle keine Ruhe?
Genug der Förmlichkeiten, jetzt geht es ans
Eingemachte.
Adam: Noch wissen wir gar nicht, ob es sich
hierbei überhaupt um die Hölle handelt.
Vaceslav: Natürlich handelt es sich um die
Hölle. Ich war zuerst auch ganz erstaunt,
als ich die rote Unterschrift Beelzebubs
gelesen habe, aber nach meinem ersten Amts-
antritt war mir alles klarer als Kloßbrühe.
Peter: Und was machst du hier?

Vaceslav: Bist du taub? Das habe ich doch nun gerade in aller Deutlichkeit angezeigt: ich arbeite!

Adam: Und wie bist du bitteschön hier reingekommen?

Vaceslav: Ihr stellt mir vielleicht doofe Fragen. Durch die Tür natürlich oder wie tretet ihr irgendwo ein? *(öffnet eine kaum sichtbare Tür im Felsen und holt einen Kanister Petroleum hervor)*

Peter: Was musst du denn für Arbeiten für den Teufel verrichten, die er nicht selbst besorgen kann?

Vaceslav: So dies und das, so genau weiß ich das auch des Öfteren nicht, aber die Bezahlung ist gut und mein Studium finanziert sich eben nicht von allein, da ist man auf jegliche Stützen angewiesen und stellt keine Fragen. Meine Kommilitoninnen, die von Beruf nicht Töchter sind, gehen in der Hammerstraße anschaffen und ich arbeite eben in der Hölle. *(gießt mit Hilfe eines Trichters das Petroleum in ein kleines Rohr, welches nahe der Flammen in den Boden mündet)*

Peter: Alles elektronisch, welch Hexenwerk! Wann sind wir nur so abhängig geworden?

Vaceslav: Es passiert eben nichts von selbst. Wenn man will, dass es richtiggemacht wird, muss man alle Möglichkeiten von Zufällen ausschließen und das schafft einzig und allein die Technik

Adam: Mir kommt es vor, als würden wir direkt in der Sonne stehen. Es ist kaum noch auszuhalten. Die Flammen kommen immer näher und wirken wie entfesselt.

Vaceslav: Meine Aufgabe ist demnach erfüllt. Ich muss gehen.

Peter: Du willst uns verlassen? Aber das
    kannst du nicht tun!
Adam: Nimm uns doch bitte mit zurück. Unsere
    Familien sorgen sich bereits und das Weih-
    nachtsessen ist wohl schon komplett ver-
    putzt. Lass das genug Strafe für uns arme
    Sünder sein.
Vaceslav: Das kann ich nicht entscheiden, ich
    führe bloß aus. Eines Tages vielleicht darf
    ich entscheiden, aber bis dahin fließen
    noch viele Liter Wasser die Elster hinab.
    Ich benötige immer ein waches Auge und darf
    mich vor nichts verschließen, sonst werde
    ich abgeschafft von dem, was ich zu beherr-
    schen glaubte.
Peter: Aber wer entscheidet nun?
Vaceslav: Die ganz oben.

*Vaceslav geht ab, drückt auf einen Lichtschal-
ter. Peter und Adam bleiben im Dunkel zurück.
Schreie ertönen.*

Wo der Kunde König ist
Komödie in einem Akt

Personen:
Banker
Hotelier

Handlungsort:
Hamburg

Akt I Auftritt I

Hotelier tritt auf die Bühne mit einem alten Wählscheibentelefon in der Hand und hält den Hörer umständlich zwischen Schulter und Kopf geklemmt

Hotelier: Wo war noch einmal die Nummer? Immer wenn es schnell gehen muss. Ach ja, da ist sie.

Klingelgeräusch im Hintergrund; Auftritt Banker, der die dazugehörige Apparatur in den Händen hält.

Banker: Wie kann das angehen? Den lieben langen Tag kommt nicht ein Kunde und jetzt kurz vor Mittag klingelt auf einmal das Telefon? Nein, ich warte …
Hotelier: Die Damen und Herren müssen aber beschäftigt sein, selbst nach fünf Minuten Klingeln hebt immer noch keiner ab. Meine Pause ist schließlich auch irgendwann vorbei!
Banker: Ich will nicht. Wenn man sich einmal aufs Nichtstun eingerichtet hat, will man auch nichts Anderes mehr tun, trotz allem Gezeter. Und überhaupt, was soll jetzt

schon noch Gutes dabei für mich heraus-
springen? Im schlimmsten Fall will die Person einen Kredit und dann müsste ich für
den Termin ein ellenlanges Datenaufnahmege-
spräch führen und ehe ich mich versehe,
gehen zwei Minuten meiner wohl verdienten
Pause flöten!
Hotelier: Nimm ab!
Banker: Nein. Ausgeschlossen.
Hotelier: Jetzt quengelt schon der Alte, dass
ich wieder an die Arbeit gehen soll. Einmal
muss es noch klingeln.
Banker: Jetzt quengelt der Alte, dass ich
endlich rangehen soll. Stein auf Bein, ich
will nicht. Es hilft aber alles nichts.
(nimmt ab). Deutsche Bank.
Hotelier: Oh, verstehen Sie mich?
Banker: Klar und deutlich.
Hotelier: Ich würde gerne einen Gesprächster-
min vereinbaren für eine Kreditaufnahme.
Banker: Verraten Sie mir doch zuerst einmal
Ihren Namen.
Hotelier: Mein Name ist Weiss, Thomas Weiss.
Hören Sie, ich habe es sehr eilig, können
wir das bitte schnell über die Bühne bringen?
Banker: Moment! Haben Sie bei mir angerufen
oder andersherum? Ich mache schließlich nur
meinen Job.
Hotelier: Was brauchen Sie noch?
Banker: Adresse und seit wann Sie dort wohnen,
Miete, Familienstand und warum, Kinder, die
im Haushalt leben, eigene und fremde, Anzahl der Haustiere, Arbeitgeber mit Angabe
der Gehaltshöhe und natürlich das Ein-
trittsdatum, Handynummer, Emailadresse.

Hotelier: Das war etwas üppig für den Beginn.
   Ich hatte aber bereits einen Kreditvertrag.
   Die Daten müssten also alle vorliegen.
Banker: Wann haben Sie den Vertrag abgeschlossen?
Hotelier: Das müsste jetzt genau am
   22.02.2005, also vor 11 Jahren gewesen
   sein.
Banker: Ich bedaure sehr, aber in diesem Fall
   sind wir nicht mehr im Besitz der damaligen
   Daten.
Hotelier: Armes Deutschland, da wird man
   überall überwacht, aber die Bank verliert
   die Daten. Das geht ja gut los.
Banker: Hören Sie, es gibt Gesetze, die
   eingehalten werden müssen und seitdem hat
   sich sicherlich auch einiges bei Ihnen geändert oder sind Sie auf dem gleichen Stand
   wie vor über einem Jahrzehnt?
Hotelier: Ja.
Banker: Einen Moment Geduld *(Pause)*. Tatsächlich, Thomas Weiss. Ich habe Sie gefunden,
   wer hätte das für möglich gehalten, dass
   Sie der einzige Kunde mit diesem Namen
   sind. Und dann haben Sie auch heute, am
   18.08. Geburtstag? Meinen herzlichen Glück-
   wunsch!
Hotelier: Nein, mein Geburtstag war schon
   immer am 31.03.1964.
Banker: Moment! Dann handelt es sich doch um
   eine andere Person.
Hotelier: Ausgeschlossen, Sie haben meinen
   Namen doch eindeutig identifiziert.
Banker: Das heißt, Sie wohnen in Bremen, sind
   geschieden, haben zwei unterhaltspflichtige
   Kinder, arbeiten als Schauspieler und haben
   einen Mops-Chihuahua?

Hotelier: Wo haben Sie das her? Ich wohne mein
    ganzes Leben schon in Hamburg und dann kom-
    men Sie mir ausgerechnet mit Bremen. Und
    überhaupt, ich bin ledig, hatte noch nie
    eine Freundin und lediglich einen Mops.
    Dabei handelt es sich wohl um eine komplett
    andere Person. Gute Nacht Bankgeheimnis,
    sag ich da nur!
Banker: Da haben Sie Recht. Ich habe just in
    diesem Augenblick überlesen, dass es sich
    dabei nicht um den Geburtstag, sondern um
    das Sterbedatum der Person gehandelt hat.
    Sie leben aber noch?
Hotelier: Quicklebendig, die Knie machen seit
    geraumer Zeit Probleme. Hören Sie, ich habe
    wirklich keine Zeit. Ich brauche nur den
    Termin!
Banker: Moment! Immer der Reihe nach. Wie viel
    Kredit benötigen Sie eigentlich?
Hotelier: Je nachdem, wie viel ich bekomme.
Banker: Was darf ich als Verwendungszweck
    vermerken?
Hotelier: Diverse Anschaffungen.
Banker: Das kann alles sein. Ich bitte, das zu
    spezifizieren. Zumindest was die Summe be-
    trifft.
Hotelier: Um das Gespräch zu beschleunigen,
    sage ich 40.000 Euro.
Banker: Eben darum ist es sinnvoll, die
    Rahmenbedingungen vorher zu klären. Wie
    viel bekommen Sie im Monat von Ihrem Ar-
    beitgeber ausgezahlt?
Hotelier: Solche Daten gebe ich prinzipiell
    ungern am Telefon preis.
Banker: Aber Sie haben doch angerufen.
Hotelier: Ja, um einen Termin zu vereinbaren.
    Aber wenn Sie es unbedingt wissen wollen,
    ich bekomme 1.200 Euro.

Banker: Netto?

Hotelier: Brutto, versteht sich. Die restlichen 2.000 Euro sind Trinkgeld, die ich ausschließlich bar erhalte.

Banker: Es tut mir leid, aber das kann ich leider nicht berücksichtigen.

Hotelier: Aber warum? Die bekomm ich jeden Monat!

Banker: Moment! Aber nicht, wenn Sie krank sind. Wer soll Ihnen da Trinkgeld bezahlen? Wir als Bankinstitut müssen immer vom Schlechtesten ausgehen.

Hotelier: Gut, dann nehme ich 500 Euro Kredit!

Banker: Tut mir leid, aber das ist zu wenig. Wir vergeben erst Kredite ab einer Summe von 3.000 Euro.

Hotelier: Zuerst ist es zu viel, dann wieder zu wenig. Bekomm ich überhaupt irgendeinen Betrag?

Banker: Das muss geprüft werden. Ihre Bonität spielt dabei die erste Geige.

Hotelier: Apropos erste Geige. Diesbezüglich habe ich eine andere Frage und zwar, wie hoch sind Ihre Zinsen? Die Europäische Zentralbank ist, wie ich den Zeitungen entnommen habe, auf einem historischen Tief.

Banker: Unsere Zinsen beginnen bei 3,99 %.

Hotelier: Wie kann das sein? Ich habe mich nämlich im Vorfeld gründlich informiert, deswegen komme ich ja zu Ihnen, weil Sie mit 0,99 % geworben haben.

Banker: Das sind andere Vertriebszweige. Diese Konditionen kann ich nicht bieten.

Hotelier: Aber es ist doch die gleiche Bank.

Banker: Ja.

Hotelier: Wenn es aber die gleiche Bank ist, müssen es doch auch die gleichen Konditio-

nen sein, alles andere ergibt keinerlei
Sinn!
Banker: Ich verstehe die Verwirrung, da sind
Sie sicherlich auch nicht der einzige. Sie
können die Situation am ehesten mit einem
Schaufenster vergleichen, da wird kein Laden der Welt sein teuerstes Paar Schuhe
anpreisen.
Hotelier: Ich hab Schuhe. Für jeden Fuß sogar
einen.
Banker: Sehen Sie und da ist das Problem. Sie
gehen in einen Laden und möchten den güns-
tigsten Schuh und wenn dieser in Ihrer Größe nicht mehr verfügbar ist, gibt es vielleicht das gleiche Paar in Ihrer Größe,
aber zu einem anderen Preis.
Hotelier: Nun verstehe ich! Ich bin heute
einfach zu spät dran und wenn ich morgen
früher anrufe, dann könnte ich Glück haben.
Banker: Nein, Sie bekommen keinen Kredit zu
0,99 % von mir, nicht heute und nicht morgen, also nie.
Hotelier: *(legt auf)* Wo ist der Kunde heutzutage noch König? In der Bank auf jeden Fall
nicht. Was zählt der Einzelne, wenn die
Masse kaufen soll, aber aus wem besteht
eigentlich die Masse?

<u>Akt I Auftritt II</u>

Vorherigen

Banker: Wie ich es vorausgesagt habe, zwei
Minuten hat der Strolch mir von der Mittagspause gestohlen. Habe ich es nicht auch
prophezeit, dass es mir überhaupt nichts
bringen wird? An Leuten, die wichtige Angelegenheiten bis zur letzten Sekunde auf-

schieben, haftet der schweflige Geruch des
Faulen. Dabei brauche ich jede Minute für
die Hochzeitsplanung. *(wählt eine Nummer)*
Hotelier: *(rennt nervös über die Bühne, das
klingende Telefon in der Hand)* Nicht jetzt,
bitte nicht jetzt. Es gibt genug andere
Sachen zu erledigen und draußen wächst die
Schlange bis zur Alster.
Banker: Frechheit, seit wann gibt es in einem
Hotel Mittagspause. Die haben gefälligst
immer stramm zu stehen, wenn der Kunde mit
den Geldscheinen wedelt.
Hotelier: Nein!
Banker: Irgendwann muss jemand rangehen.
Hotelier: Ich halte das Gebimmel nicht mehr
aus, meine Nerven sind bereits haarfein.
(bleibt stehen und nimmt ab) Hotel Atlantic
Hamburg, Sie wünschen?
Banker: Ich werde in absehbarer Zeit heiraten
und bin auf der Suche nach einem würdigen
Rahmen. Deswegen wünsche ich eine Reservie-
rung für den 22. Oktober.
Hotelier: Moment! 2017?
Banker: Nein, natürlich für dieses Jahr -
2016.
Hotelier: Ach, Sie feiern nur zu zweit.
Banker: Die Heiratszeremonie wird gebräuchli-
cher Weise in diesen Breitengraden zwischen
zwei Liebenden geschlossen. Bei der Feier
dürfen dann aber auch mehr Teilnehmer anwe-
send sein, denn was nützt Glück, wenn man
es anderen nicht zeigen kann?
Hotelier: Eine gesunde Einstellung. Wissen
Sie, wie viele Tische Sie circa benötigen?
Pro Tisch gehen wir im Übrigen von vier
Personen aus.
Banker: Zählen Kinder als ganze Personen?

Hotelier: Selbstverständlich, sie dürfen sogar
    dieselbe Luft atmen wie die Erwachsenen.
Banker: Zur Not lade ich den ganzen überflüs-
    sigen Anhang inklusive der Schreihälse aus.
    Das sollte dann genug sparen.
Hotelier: Wie viele also?
Banker: Sofort. Ich muss die Gästeliste im
    Kopf überschlagen und reduzieren.
Hotelier: Vielleicht können wir zu einem
    späteren Zeitpunkt detaillierter darüber
    sprechen, denn die Empfangshalle platzt
    bereits aus allen Nähten. Und zahlende Gäs-
    te dürfen nicht warten. Sie verstehen?
Banker: Dann brauche ich 17 Tische.
Hotelier: Ich kann Ihnen maximal vier anbie-
    ten.
Banker: Aber das reicht doch nicht einmal für
    alle Verwandte.
Hotelier: Vielleicht danken Sie es mir im
    Nachhinein.
Banker: Ach was solls, ich reserviere verbind-
    lich die restlichen vier Tische, die Sie
    aufbieten können.
Hotelier: Sehr wohl, auf welchen Namen?
Banker: Schwarz, Heiko Schwarz.
Hotelier: Hab ich notiert, wir melden uns
    innerhalb von einer Woche, um die Einzel-
    heiten zu klären. Ich wünsche Ihnen einen
    angenehmen Tag, bis bald! *(will auflegen)*
Banker: Halt, nicht so schnell mit den jungen
    Pferden. Ich kenne solche Mären, dass sich
    jemand meldet und schließlich wartet man
    und wartet man und rein gar nichts pas-
    siert. Da die Zeit drängt, würde ich das
    Gröbste bereits jetzt besprechen wollen.
Hotelier: Die Gäste warten, es geht wirklich
    nicht.
Banker: Ich bin auch Ihr Gast.

Hotelier: Aber erst im Oktober!
Banker: Nur fünf Minuten.
Hotelier: Es sind immer nur fünf Minuten. Wie
    aus einer kurzen Frage ein ganzer Katalog
    erwächst, so ist dies meistens nur eine
    Floskel und ehe man sich versieht, hat sich
    der große Zeiger einmal 360 Grad um die
    eigene Achse gedreht.
Banker: Fünf Minuten.
Hotelier: Keine Sekunde länger.
Banker: Teller …
Hotelier: … gibt es bei uns nur aus feinstem
    Meißner Porzellan. Hat ein Teller keine
    gekreuzten Säbel auf dem Rücken, taugt er
    nur noch für die Angestellten.
Banker: Nobel.
Hotelier: Nur das Beste für unsere Gäste.
Banker: Servietten …
Hotelier: … werden bei uns nach von einem
    extra eingeflogenen Origami-Meister aus
    China nach altem Brauch angefertigt. Jeder
    Platz bekommt sein eignes Tier. Nicht sel-
    ten konnten die Gäste darin ihr Totemtier
    wiederfinden.
Banker: Nobel.
Hotelier: Nur das Beste für unsere Gäste.
Banker: Blumen …
Hotelier: … gibt es bei uns nur die pracht-
    vollsten Tulpen, direkt aus dem Keukenhof,
    eine schöner als die andere. Sie werden
    keine Farbe vermissen.
Banker: Nobel.
Hotelier: Nur das Beste für unsere Gäste.
Banker: Aber die Blütezeit ist doch bereits
    seit Monaten vorbei?
Hotelier: Wir, das Hotel Atlantic Hamburg,
    gehören zu der weltbekannten Kette der Kem-
    pinski Hotels, daher genießen wir das Pri-

vileg, ein eigenes Beet in Form unseres
Schriftzuges zu besitzen, welches mit einer
speziellen Traubenzuckerlösung behandelt
wird, sodass die Blütezeit um genau ein
Jahr verlängert wird.
Banker: Nobel.
Hotelier: Nur das Beste für unsere Gäste.
Banker: Leider kann ich Tulpen nicht ausste-
hen. Ich dachte da eher an Lilien.
Hotelier: Moment! Ich dachte, Sie planen eine
Hochzeit? Oder wird bei Ihren Feierlichkei-
ten gleichzeitig jemand unter die Erde ge-
bracht?
Banker: Noch ist nichts geplant. Wir mögen
einfach Lilien. Das filigran Melancholische
ist wie eine Ballade für die Augen.
Hotelier: Sie meinen wohl eher Trauermarsch.
Banker: Dann müssen die Blumen im Keukenhof
bleiben, da machen sie sich auch besser.
Ich würde aber gerne bereits mein Essen
bestellen.
Hotelier: Verschiedene Gerichte?
Banker: Nein, eine Mahlzeit reicht mir völlig
aus.
Hotelier: Und Ihre Gäste?
Banker: Die entscheiden á la Carte. Ich weiß,
dass es teurer wird, aber schließlich habe
ich schon bei der Anzahl an Tischen und bei
den Blumen gespart. Wohlan, ich hätte gerne
als Vorspeise die Parmesansuppe mit Gemüse
der Saison, als Hauptgang die Maispoularde
und als Dessert das Mousse au Chocolat mit
weißer Schokolade als Topping. Das hatte
ich bereits beim letzten Besuch im Atlantic. Sozusagen Macht der Gewohnheit.
Hotelier: Das kann ich Ihnen nicht zusichern.
Unsere Sterneköche ändern die Karte regel-
mäßig.

Banker: Aber deswegen bestell ich doch schon
    jetzt und nicht erst im Oktober.
Hotelier: Die fünf Minuten sind um. Die Gäste
    warten. Au revoir! *(legt auf)*
Banker: Wo ist der Kunde heutzutage noch
    König? Im Hotel auf jeden Fall nicht.

Beide ab

Zeitverschwendung

Dies Gedicht ist ohne Zeilen
Damit nicht für dich
Ebenso für mich
Ein bloßes Aneinanderreihen

Doch wem bitte nützt dies alles?
Wenn rein gar nichts nützt
Niemand unterstützt
Es fehlt etwas Besonderes

Warum den Wert abmessen?
Voll der Hoffnung
Leer der Enttäuschung
Es gibt viel zu vergessen

Haltet ein!
Die Mühe war nicht umsonst
Hier ein Taschentuch zum Trost
Es könnte schlimmer sein

Natürlich gibt es Zeilen
Menschlein, schwarz auf weiß geschrieben
Viele habe ich so schon vertrieben
Denn einzig zählt das Weilen